南楓樓

LA MANSIÓN AL SUR DE LA CALLE DE LOS ARCES

Sham Shui Po, Hong Kong

IRIS MIR

Diseño del mapa de Sham Shui Po: Heiz Leung

Fotografía de la autora: Manuel Outumuro

Diseño de la portada: Josep Maria Mir + Roderic Molins

*Este libro es una historia de ficción inspirada en hechos reales.
Ninguno de los nombres que aparecen en la historia son reales.*

Publicado por Yi Books

ISBN-13: 978-1-7399979-1-5

Para mis padres Carme y Josep Maria,
mis tíos Carme y Daniel,
mi familia al completo,
mis abuelos, desgraciadamente ya fallecidos,
mis amigos,
Crystal,
el Mediterráneo,
Pekín,
Hong Kong,
y la comunidad de Sham Shui Po.
Gracias a todos por constituir el pilar de mi ser.

Índice

LA MANSIÓN AL SUR DE LA CALLE DE LOS ARCES

流

Prólogo: Fluir

Esta historia estaba escrita en mi cabeza durante mucho tiempo. Desde el momento en que me trasladé a Hong Kong, por segunda vez, en 2015. Antes, había estado viviendo en Pekín durante ocho años. Mientras trabajaba en el primer borrador de esta novela, mucha gente me preguntaba si se trataba de una autobiografía. Es difícil decirlo: la integridad de nuestro ser, nuestro conocimiento así como nuestra creatividad son el resultado de las experiencias que hemos vivido, la gente que hemos conocido, las decisiones que hemos tomado y nuestros sueños (que tampoco hay que olvidar).

Posiblemente, la gente que conoce en mayor o menor medida mis andanzas va a disfrutar intentando identificar qué partes de la novela se aproximan a la verdad de mi vida. Yo les animo, con cariño, a seguir el juego. En cualquier caso, que sea o no una autobiografía no es importante. Ésta es una historia de ficción que transcurre en uno de los barrios, para mí, más mágicos de Hong Kong, Sham Shui Po.

Puedo desvelar que es cierto que yo viví en esa zona durante mi segunda estancia en esta ciudad asiática. Tenía el temor de que el progreso podría cambiarla pronto. Destruirla, aunque pueda parecer un pronóstico muy radical, pero factible. El crecimiento desenfrenado es una de las mayores tragedias de nuestra era. Por eso, me embarqué en el compromiso personal de congelar en el tiempo la vida en las calles de Sham Shui Po, con este relato. Así eché mano de la imaginación y de la creatividad para dar voz a diferentes visiones del mundo que conviven en Hong Kong.

Cuando todavía vivía en Hong Kong, pasé muchas noches en el piso 10B de Nam Fung Mansion (La Mansión al Sur de la Calle de los Arces, según el nombre del edificio en español) escribiendo notas y reflexiones sobre el barrio. Estaba trabajando en una historia que no se formó del todo hasta que tomé la difícil decisión de volver a Europa, después de haber vivido en Hong Kong y Pekín durante más de una década.

Durante ese crucial periodo de mi vida en Hong Kong hubo amor, rupturas, muchos cambios y una única constante: Sham Shui Po y su gente. De su mano, simplemente participando del día a día de esta comunidad de vecinos, tomé decisiones importantes. Probablemente, ellos no son conscientes de hasta qué punto nuestras conversaciones tuvieron un impacto en mi vida. En ese barrio, me adentré en la treintena. Crecí como mujer y me hice adulta. Un proceso de crecimiento personal que se reproduce en la vida de ficción de la narradora del relato.

Los vecinos de Sham Shui Po me acogieron aunque fuera extranjera, no hablara su idioma a la perfección y mis raíces culturales fueran completamente diferentes. Nos daba igual. La bondad fue el vínculo que nos unió desde el primer día, por una razón muy simple: todo ser humano vive con las mismas ambiciones, alegrías y preocupaciones.

Esa es la ironía de la vida: puede ser extremadamente simple y compleja, pero su fundamento es el mismo para todos. Lo que nos hace diferentes -y esta es la belleza de nuestro diverso planeta- es la manera en cómo lidiamos con la gran incógnita de lo que significa vivir.

Tomé la decisión de mudarme a Asia a los veintiún años de edad, cuando me quedaban solo unos meses para finalizar mi licenciatura en la universidad. A pocas semanas de coger el primer vuelo intercontinental de mi vida, me dieron un sabio consejo: mantén los ojos bien abiertos. Yo quería seguirlo, me empapé de todo lo que me rodeaba. Pero durante los primeros años en China, mi joven mirada cometió un error: no parecía muy dispuesta a dejarse quitar el velo occidental que filtraba ese nuevo entorno. Aquello que no tenía sentido para mí en ese momento, lo archivaba en mis recuerdos como extraño y apasionante a la vez. Resistía la embriaguez de su poderosa belleza. Por miedo quizá a adentrarme en un viaje iniciático totalmente imprevisible e irreversible.

Fue gracias al cariño de la gente local con la que me crucé en situaciones cotidianas, en el trabajo, a través de amigos o cuando viajaba, que empecé a interactuar con el entorno y a entender Asia de una manera diferente. Eso requirió el esfuerzo de desaprender muchas cosas que occidente me había enseñado como si fueran únicamente ciertas. El exclusivamente válido punto de vista filtrado por la razón.

Recuerdo la frustración durante mis primeras clases de chino. Nada de ese idioma que parecía endiablado tenía sentido. Hasta que un día, de repente, las palabras y los extremadamente bellos caracteres chinos empezaron a tomar significado por sí solos. El chino fluía por mi mente de manera estructurada y espontánea. Cuando eso pasó, mi paciente profesora me obsequió con un bonito mensaje: "Has entrado ahora en la habitación del chino". Según me explicó, esto quería decir que mi mente occidental había dejado de resistir las estructuras de pensamiento pre-establecidas y que se había prestado a fluir ante una nueva forma de comunicar ideas. Tenía toda la razón.

Con el tiempo, ese click en mi semiótica también afectó a la construcción de mi identidad. Dar una respuesta clara a la pregunta "de dónde eres", se ha convertido en algo muy complejo que no sabría cómo etiquetar. El acceso a otras culturas y formas de pensamiento han moldeado mi personalidad. Han contribuido a crear una versión más sofisticada de mi ser. Me han hecho más humilde y me han enseñado a no dar nunca nada por sentado. Hasta el punto de que muchas de las cosas que nos han inculcado como inapropiadas o incluso imposibles, se convierten en apropiadas y posibles en otros contextos. Se trata de narrativas, estilos de vida y normas que forman parte del imaginario colectivo al que nos recomiendan acogernos desde que somos muy pequeños para encajar en ese entorno al que teóricamente pertenecemos. Particularmente en el caso de occidente, muchas de estas visiones del mundo se comunican casi como hegemónicas.

Resultado del progreso y de un mundo más civilizado, rechazando así el misticismo u otros estilos de vida que abrazan la tradición, por no ser dignos de una sociedad post-industrial moderna.

Cuanto más nos exponemos al mundo y a otras costumbres, más conscientes somos de que no sabemos nada. Por eso, el ser humano tiene más posibilidades de tener una vida plena si se rodea de buena gente, con vidas, raíces e historias muy diferentes, con el fin de ayudarse mutuamente a navegar la incertidumbre del futuro y las decisiones que toma en el camino.

Me emborraché de Asia. Dejé que su gente me enseñara otros puntos de vista, que el mundo podía interpretarse de maneras dispares. No guardé nada para mí misma. Pensaba que la vida me había brindado un privilegio tan especial que no había lugar para ser precavido. Le pasé el testigo al corazón y a la intuición y dejé de apresurarme para llegar a algún sitio concreto en la vida[1]. Empecé a preguntarme hasta qué punto en occidente, la idea de la felicidad se había convertido en una mercancía, construida mediante el materialismo y el conformismo. Basándose principalmente en factores externos que etiquetábamos como garantes de la felicidad. ¿Cuál era la verdadera clave del éxito en la vida?

Si había algo que la gente que había conocido en Asia me había enseñado, era que la felicidad era para ellos una realización que partía de dentro, de la conciencia de nuestro ser, y de cómo el ser humano se relaciona consigo mismo y con el otro. Ese foco en el presente era para muchos de mis interlocutores la clave para poder vivir en el ahora y reaccionar con menor sufrimiento al cambio constante.

Tal sabiduría se materializaba también en la gente de Sham Shui Po, un barrio de emprendedores. No hay que olvidar que aunque no trabajen desde co-working spaces, o dirijan startups, este barrio está formado principalmente de establecimientos locales a pie de calle gestionados por familias que han hecho de su ocupación como propietarios de su negocio el sustento de sus vidas y las bases de sus sueños y ambiciones. Sin gozar de la estabilidad de un empleador o un sueldo garantizado a final de mes. Su seguridad económica ha sido el resultado únicamente de la fe en que su esfuerzo diario surtiría efecto y esos negocios serían el vehículo sobre el que seguir el camino de la vida durante años de dramáticos cambios históricos en Hong Kong.

Sin embargo, el futuro sigue siendo una incógnita para este estratégico lugar en el mapa que ha sido elegido por muchos como un exclusivo puerto franco desde dónde materializar sueños y sus visiones de futuro. Del mismo modo que la protagonista de esta historia, muchos de los habitantes de esta híper densa metrópolis construyeron su identidad como inmigrantes al mismo tiempo que Hong Kong estaba (y todavía sigue) intentando encontrarse a sí mismo como un pueblo que ha ido creciendo durante constantes olas de inmigración y liderazgos cambiantes, hasta encontrarse hoy en día en un momento crucial en el que la pluralidad y diversidad de voces característica de Hong Kong corre el riesgo de desvanecerse.

Desde que Pekín tomó el control del territorio después de la retirada de los británicos en 1997, la incertidumbre ha pesado sobre Hong Kong. A los pocos meses de terminar la escritura de este manuscrito, en junio de 2020, el Partido Comunista Chino aprobó una ley de seguridad nacional que destruye los fundamentos que durante décadas han convertido a Hong Kong como un lugar de libertad y oportunidades. Cuál es el futuro de Hong Kong permanece una incógnita. Mientras la libertad de expresión está siendo progresivamente erosionada, muchos se aferran a la capacidad de resistencia y la mentalidad emprendedora que caracteriza el pueblo de Hong Kong. Como mis vecinos, muchos llevan consigo un humilde pero poderoso espíritu de supervivencia que confiamos les permitirá navegar la incertidumbre del futuro de Hong Kong con elegancia.

Los personajes de Sham Shui Po que aparecen en este libro son de ficción, pero sus historias están inspiradas en algunas de las personas, conversaciones y puntos de vista que fueron cruciales para mí durante mi estancia.

Este relato quiere también rendir tributo a las cualidades que comparten todos mis queridos vecinos de Sham Shui Po, a los que tanto extraño: valientes, honestos, únicos, naturales, sensibles, apasionados, genuinos, resistentes, seguros de sí mismos, centrados, humildes, optimistas, leales, considerados, bondadosos, cariñosos y libres de prejuicios. A todos vosotros, ¡gracias!

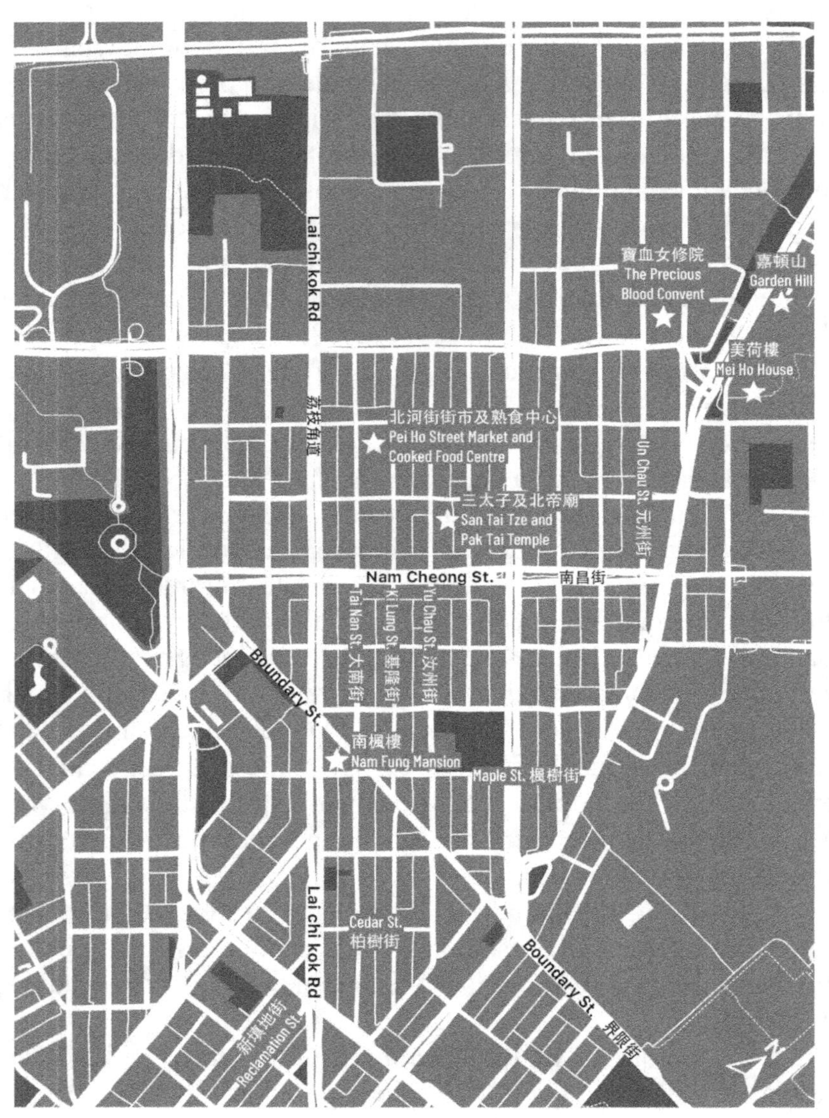

深水埗

SHAM SHUI PO

道 法 自 然

*Algo sin definir pero completo existe
antes de que hubiera el cielo y la tierra.
Solitario, sin forma, inmutable,
llegando a todas partes sin límite.
Sería como la madre de todos bajo el cielo y en la tierra.
Desconozco su nombre.
Quizá le llamo TAO.
Mejor llamarlo genial.*

Fluyendo constantemente.

*Por lo tanto,
TAO es genial,
el cielo es genial,
la tierra es genial,
y los seres humanos son geniales.*

*Cuatro cosas son grandes en el universo.
Y las personas son una de ellas.
Las personas siguen las leyes de la tierra,
la tierra sigue al cielo,
el cielo sigue las normas de TAO.*

La ley del TAO sigue sus propias normas.
Tao Fa Tzu Jan

Fragmento de Tao Te Ching por Lao Tzu

PRINCIPIO

開始

第一章

La Última Cena

Mi gente de Sham Shui Po:

Sr. Yu -el portero de la noche- en el bloque de apartamentos Nam Fung Mansion; y **Jackie**, su sustituto cuando Sr. Yu –el portero de la noche- libra. Con historias y vidas completamente diferentes, ambos se convirtieron en mis ángeles de la guarda. Cada uno a su manera, cuidaron de mí con cariño y paternalmente. Y yo cuidé de ellos. En momentos de soledad nos hicimos compañía y charlamos sobre la vida. Su sabiduría es, por supuesto, superior a la mía. Han vivido mucho y más años. Con eso yo no podía competir. Y me presté a escucharles.

Sr. Yu –el mudo-. Así apodaba yo al portero de día y no porque fuera mudo, sino porque durante mucho tiempo no intercambiamos ni una sola palabra. Sólo agradables sonrisas de complicidad cada vez que yo entraba y salía de mi casa. El Sr. Yu -el mudo- no tenía parentesco alguno con el Sr. Yu -el portero de la noche-. En Hong Kong es habitual que a oídos extranjeros los apellidos se repitan. Pero la realidad es que se escriben con un carácter distinto, el tono en que se pronuncian es ligeramente diferente y su significado también lo es.

Sr. Ng, el sustituto de Sr. Yu -el mudo- cuando éste libra. Y sucesor del portero **Pedro**, quién se jubiló, a causa de sus problemas de salud, poco después de que yo me mudara a Nam Fung Mansion.

Joanne, la emprendedora costurera. Inesperadamente se convirtió en mi confidente. Compartíamos más de lo que creíamos además de nuestra afición por la costura.

Thomas, el joven empleado de la tienda de cintas y remaches en Nam Cheong Street (南昌街). Nunca había viajado a Barcelona pero lo sabía todo de mi ciudad natal. Más que yo incluso. Enamorado de la arquitectura de Gaudí, conocía todos sus edificios, detalles arquitectónicos y su relevancia. Curioso hasta la médula, lo había leído todo en internet.

El matrimonio Lin (Sr. y Sra. Lin), a cargo de la diminuta lavandería al final de Tai Nan Street, no lejos de la parada de metro de Prince Edward. Cada sábado por la mañana les bajaba una bolsa de sábanas y toallas para lavar. En mi piso, no tenía espacio para colgarlas y dejarlas secar.

La Sra. Liang cuyas cortinas hechas a mano me permitieron descansar dulcemente durante las sofocadas noches hongkonesas y los tempranos amaneceres con radiantes rayos de sol.

Justo enfrente de Nam Fung Mansion, **la Srta. Tang** regenta una peluquería en la que apenas cabían el fregadero para lavar el pelo y el sillón de peluquería. La Srta. Tang abrió el negocio un año después de que llegara al barrio. Antes ese espacio era la antigua consulta de un doctor chino. Esas paredes habían visto, seguro, todo tipo de flaquezas, dolores y enfermedades. El doctor tenía muchos pacientes. A menudo dejaba la puerta abierta y discretamente, cuando pasaba por delante, siempre miraba de reojo, con curiosidad, para adivinar su interior. El espacio era tan pequeño para una consulta médica que cuando abría el negocio por la mañana, el doctor sacaba a la calle algunos estantes con ruedas y un alto esqueleto, de tamaño real. Los estantes, a menudo, estaban al sol porque en su superficie colocaba hierbas y verduras para que se secaran y preparar así sus curativos mejunjes. El esqueleto, imagino, lo usaba con fines educativos, pues en la parte externa de la puerta de la consulta colgaba todo tipo de radiografías y fotos de patologías que él podía curar con eficiencia. Esas radiografías han sido ahora sustituidas por un gran cartel de precios de cortes de pelo, tintes y masajes exprés. La Srta. Tang también tenía la puerta abierta constantemente, y cuando no tenía clientes descansaba tumbada en la butaca mientras miraba el televisor que colgaba del techo. No había espacio para ponerlo en ningún otro sitio.

Peter, el repartidor de paquetes de la compañía de mensajería SF Express (顺丰速运), conocido como el UPS[2] chino. Acostumbrado a mi afición por adquirir productos en Taobao (淘宝网), la plataforma de e-commerce por excelencia en China, también conocida como el E-bay[3] chino. Se había convertido en mi repartidor personal. No tenía que preocuparme por complicados horarios de entrega. Él sabía mi teléfono y me llamaba para preguntarme a qué hora estaría en casa, lo acordábamos y se pasaba rápidamente, como el coyote de los dibujos animados de mi infancia, para darme el paquete. A veces nos cruzábamos por la calle, mientras él iba ajetreado recorriendo las calles de Sham Shui Po, con su pelo despeinado, y me soltaba desde lejos en inglés: *Hey! Hello, Hello!* Yo le respondía con el mismo saludo. Solo se salió del guión una vez, cuando yo me había animado a usar un pintalabios rosa más extremado de lo habitual, a lo que añadió: *¡Bonito pintalabios!*

Sra. Kwok –Mary Jane según su nombre en inglés, pero apenas lo usaba–, la maternal cajera del supermercado Wellcome (惠康), situado en Lai Chi Kok Road. Sobrecualificada para el trabajo que ejercía. Las circunstancias la llevaron a ganarse la vida con un trabajo que ella misma admitía aborrecer. Luchadora y obsesionada por evitar que su hija acabase igual, a menudo intentaba persuadirme para que yo hablara con ella, unos 12 años menor que yo y preparando la selectividad en ese momento.

Sun Song, vendedor de telas ambulantes que siempre comparte con sus clientes más jóvenes consejos de costura e ideas de diseños. Su pequeña y polvorienta paradita escondía muchos tesoros de tejidos esperando ser descubiertos algún día por agradecidas manos y creativas mentes.

La Sra. Lam e hijo. Juntos regentan la antigua y aromática tienda de especias de Cedar Street (柏樹街). Todo tipo de ingredientes secos colgaban del techo y de los rincones de los estantes. Ramos de todo tipo de hierbas, grandes setas, raíces retorcidas… no cabían dentro de los bonitos botes de cristal que poblaban la tienda. Contenían especias, hierbas medicinales, té e incluso algunas salsas y ungüentos ya preparados. A la Sra. Lam, yo le compraba religiosamente bolsitas de pimienta de Sichuan, pequeños chiles extremadamente picantes, estrellas de anís, canela y alguna otra especia china que usaba para cocinar a diario recetas chinas que yo interpretaba con un toque mediterráneo. Para mí ya no existía la comida occidental sin un toque chino. Y viceversa.

La familia Wu al completo: abuela, madre, padre e hijo. También sus dos únicos empleados quienes eficientemente se encargaban de entregarme las bombonas de butano cuando las necesitaba. Ambos eran polos opuestos. El gruñón a quién le di el nombre de butanero triste-; y el afable a quién apodé -el butanero sonriente-. Si había mucho trabajo durante los repartos, el hijo Wu ayudaba en contadísimas ocasiones. A los hongkoneses les gusta cocinar con gas. El fuego y la llama es lo más apropiado para el Wok[4]. Muchos pisos en antiguos edificios en la península de Hong Kong no tienen gas ciudad. La mayoría recurren al butano en lugar de sucumbir a las comodidades de las cocinas eléctricas.

Yo me hice el propósito de hacer feliz al butanero triste. Cada día, en momentos de descanso, me lo encontraba sentado en la puerta de la tienda con una expresión seria y los ojos prácticamente cerrados. A veces fumaba un cigarrillo, sacando el humo por la boca y la nariz, muy lentamente. Era un humo denso que le rodeaba la cara lentamente. Yo no desistía y casi a diario le saludaba con un sonriente *Hello!* Las primeras semanas, me ignoraba completamente. Con el tiempo, cuando me avistaba de lejos, ya empezaba a levantar los párpados y a seguirme con la mirada esperando que yo le saludara. Progresivamente fue interactuando con mi saludo un poco más, hasta que tomó la iniciativa y cogió la costumbre de saludarme antes de que yo lo hiciera.

Sr. Chan —el castigador-, quien trajina a diario materiales de aluminio del camión al almacén de su negocio en Tai Nan Street. Tiene una sonrisa de lo más conquistadora. Empezó a saludarme después de un tiempo de verme pasar por delante de su negocio, a diario por las mañanas, cuando iba a trabajar. Lo hacía como mirándome de reojo, desinteresadamente, y moviendo la cabeza para acentuar su sugestivo *Hello, good morning!* Los días que él estaba muy ocupado y concentrado en sus tareas, ni me dirigía la palabra. Aunque yo sabía claramente que me había visto pasar. Y por eso yo me adelantaba con un *Hello, good morning!* para que él me castigase, con gran finura y elegancia, con su ignorancia. Surtía efecto. Pues yo seguía mi camino reflexionando por qué no me habría saludado. El Sr. Chan –el castigador- debía tener unos 45 años largos, a juzgar por su pelo ya canoso que llevaba siempre un tanto despeinado, con un pequeño y rizado mechón que le colgaba por la frente. Era de complexión más bien menuda, pero musculoso. Solía llevar flip flops durante todo el año. En verano vestía bermudas con o sin camiseta, dependiendo del calor que hiciera ese día. Al dejar su pecho al descubierto, fui capaz de descubrir los dos grandes amuletos de jade verde que colgaban de su cuello, mediante una gruesa cadena dorada. Uno por delante, reposando en el pecho, y el otro en la espalda. En invierno cubría su cuerpo con una sudadera y unos pantalones largos.

Finalmente, **el señor de la barba blanca**. Así es como siempre le había llamado ya que nunca conseguí desvelar su verdadero nombre. Nunca habíamos hablado directamente. Sí que habíamos compartido miradas a diario. Yo de camino al metro y él sentado en su sillón de mimbre, en la calle, como dormitando. Pero yo sabía que no dormitaba porque siempre que pasaba por delante de su pequeño establecimiento de venta de incienso y ofrendas religiosas levantaba la mirada y me observaba de reojo. Desinteresadamente, como si yo no despertara ninguna curiosidad en él. No dejaba de apuntarme con sus curiosos ojos hasta que desaparecía de su ángulo de visión y yo seguía mi camino. Yo no era el tipo de clienta que consumía sus productos. Normalmente sólo los hongkoneses adquirían papeles, amuletos y ornamentos varios para quemar en los templos como ofrenda a sus dioses y familiares fallecidos. El señor de la barba blanca era en realidad un Paper Master[5] cuya mayor responsabilidad era aconsejar a sus fieles clientes sobre el tipo de ofrendas que tenían que realizar para ahuyentar a los fantasmas y satisfacer a los dioses.

Sin haber intercambiado palabra conmigo, el señor de la barba blanca no podía faltar en mi última cena como inquilina de Nam Fung Mansion (南楓樓)[6]. Mis invitados de honor eran mis vecinos. Todos eran miembros de la comunidad de comercios y locales que conformaban el barrio de Sham Shui Po, en la región administrativa especial China de Hong Kong.

La mayoría no se conocían entre sí y probablemente esa iba a ser la primera vez que compartían una comida juntos.

Desde que llegué a Sham Shui Po (深水埗) y me instalé en el piso 10B de Nam Fung Mansion, empecé a fantasear con la idea de reunirlos a todos para compartir con ellos mi última cena en ese barrio que había sido mi casa durante dos años. Mis vecinos no habían hecho nada especial para ganarse ningún tipo de gesto simbólico como una cena casera. Simplemente mis vecinos habían sido eso, mis vecinos. Honestos, amables y cariñosos. Con eso bastaba para convertirse en una parte vital de mi día a día en esa densa e inquieta metrópolis.

John y yo nos mudamos juntos a Hong Kong (香港) la primavera del año 2015 en búsqueda de nuevas oportunidades profesionales en Asia. Nos conocimos en Pekín (北京), dónde compartimos nuestras vidas casi durante los nueve años que viví en la capital China. Nada importaba. Queríamos seguir creciendo juntos. Soñábamos sobre nuestro futuro con la misma inocencia que el primer día que nos conocimos. Queríamos vivir nuevas aventuras, porque la vida en el extranjero era por definición una hazaña. Con sus cosas buenas y malas. Oportunidades y retos, sobre todo muchos desafíos. Nunca nos cansábamos de ello. Nada importaba. Trabajábamos duro y lo pasábamos muy bien disfrutando de todas y cada una de las múltiples facetas de Pekín. Con John a mi lado, dejarse llevar por el encanto pekinés fue de lo más sencillo.

John era ese tipo de persona a quién le gustaba vivir al límite. Aunque para él, este atributo profesaba un estilo de vida totalmente diferente al que el resto de la gente podría imaginar. Eso es lo que le hacía tan atractivo e irresistible. John no encontraba la adrenalina en fiestas, mujeres y alcohol. Era un chico tranquilo que no podía vivir sin sentirse atraído por las personas y las historias que estos escondían. En ellas, él se inspiraba para crear sus cautivadoras obras de arte. Era capaz de dejarse llevar y aventurarse hasta dónde hiciera falta para descubrir pequeños y atrayentes detalles de la vida cotidiana de las personas. No necesitaba exotismo, porque sus talentosos ojos eran capaces de desvelar aquello que era invisible para muchos.

Inmortalizaba la realidad en forma de un presente atemporal que cobraba vida a través de su privilegiada mirada y con la ayuda del pincel que con tanta delicadeza creaba sus acuarelas. Sus manos parecían toscas y torpes, pero cuando pintaba, adquirían una elegancia inesperada. Representar el entorno era su devoción.

John viajaba. No por ocio, sino con la intención de aprender sobre culturas y modos de vida diferentes. Se dejaba cautivar por lo desconocido, por la tristeza y las maravillas de este mundo. Se mudó a Pekín desde su Noruega natal durante un programa de residencia de artistas. Totalmente hechizado por la cultura china, no pudo abandonar Pekín al final de su estancia, como estaba previsto. Aprovechó la oportunidad que surgió para trabajar en una universidad de arte local que estaba buscando profesores extranjeros, en un intento de educar a sus estudiantes chinos a ver más allá de lo conocido. John resultó ser el mejor mentor.

En él yo había encontrado lo que llevaba años buscando. Aunque no me dedicara profesionalmente a escribir, yo compartía con John la fascinación por las historias de la gente común. Mis diarios se acumulaban en los estantes de mi habitación en Barcelona. Nunca escribía sobre mi día a día. Mis relatos cotidianos consistían en detallados apuntes al natural sobre lo que mis ojos apreciaban a mi alrededor, sin más.

Me fascina la gente y sus historias. Sus rasgos, su personalidad, sus aficiones y costumbres. Con el paso de los años me di cuenta de que este aspecto de mi personalidad había facilitado enormemente mi vida en Asia. Tengo una curiosidad insaciable por las cosas. Alimentarla se convertía en mi oxígeno mientras vivía en un continente fascinante en todos los sentidos.

Vivir en Asia desarrolló en mi una obsesión por el no-olvido. ¡La idea de no poder recordar todo lo que se cruzaba ante mí me atemorizaba! El privilegio de vivir en ese continente tan diverso y en constante cambio no podía malgastarse, me recordaba a mí misma...

porque sabía que tenía fecha de caducidad. Algún día tendría que volver a Europa, regresar a mis raíces y dejar mi vida asiática atrás, para siempre.

John y yo nos conocimos cuando ambos teníamos veinticuatro años. Nuestro amor fue accidental. Yo llevaba tan solo unos meses viviendo en Pekín. No fuimos conscientes de que estábamos enamorados hasta que nos besamos por primera vez, casi sin darnos cuenta de lo que estaba pasando. Fue uno de esos calurosos domingos del verano pekinés, en los que explorábamos las calles en bicicleta, tomando fotos. Descubriendo la vida de los pequineses y dejándonos fascinar por los rincones más recónditos de la ciudad. Explorar y explorar era una de nuestros mayores pasatiempos. En Pekín, y cuando viajábamos por Asia. Salirnos de las rutas y atrapar el encanto de las cosas más mundanas e insignificantes. El caos aparente se convertía en algo mágico para nosotros y de extrema hermosura. Sabíamos que ahí se escondían muchas historias todavía por contar.

Planeábamos descubrir y compartir mucho más desde Hong Kong. No estábamos preparados para volver a Europa, aunque lo habíamos considerado muchas veces. Nos aferrábamos a esa tramposa creencia que nos empujaba a aprovechar, mientras fuéramos jóvenes, a hacer todo aquello que no pudiéramos hacer cuando fuéramos mayores. Esa terrible palabra. Hoy, todavía no sé exactamente cuáles eran esas cosas que aparentemente iban a ser inalcanzables en nuestras vidas adultas. Sonaba como el fin del mundo y el despojo de nuestra identidad y libertad.

Esa creencia pesaba como una losa y dictaba religiosamente nuestras decisiones desde nuestro más profundo subconsciente.

La magia que rodeaba nuestros ocho años de relación se rompió repentinamente al dejar Pekín. No fue inmediato. Tuvo que pasar algún tiempo hasta que el hechizo se deshizo. John abandonó Hong Kong y nuestra vida en común de la noche a la mañana. Así, contra todo pronóstico, John era el único comensal que no me acompañaría en mi última cena en Nam Fung Mansion.

第 二 章

Nam Fung Mansion

No nos entregaron las llaves del piso hasta el día veintinueve de junio de 2015. Así lo decidieron nuestros interlocutores en la empresa The Estate of Madame Chen Mei Sum (Deceased), propietaria y gestora del bloque Nam Fung Mansion. Podríamos haber firmado el contrato el día veintisiete de junio, pero los trabajadores que gestionaban las propiedades de los herederos de Madame Chen Mei Sum no consideraron esa fecha como lo bastante auspiciosa. Prefirieron esperar un par de días más.

Pocas cosas se dejan al azar en Hong Kong. Modernidad y tradición van de la mano. En determinados entornos la superstición y la buena fortuna dictan buena parte de la vida cotidiana de estos hongkoneses. Lo más probable es que el casero hubiese consultado el almanaque Tung Shing (通勝) para llevar a cabo tal predicción. Este manual de la buena fortuna sigue el calendario lunar. Día a día, detalla con precisión los puntos débiles y fuertes para una fecha en concreto. Probablemente para el día veintinueve de junio de ese año aparecían recomendaciones del tipo: Buen día para casarse, buen día para adquirir una propiedad. Quizá un mal día para empezar un nuevo negocio, o para comprar un coche…Quién sabe… pero seguro que advertía que ese veintinueve de junio era el mejor día para firmar un nuevo contrato de alquiler con John y conmigo. Sabíamos que esto era así, pero en una ciudad donde el mercado inmobiliario estaba por las nubes, los pisos eran diminutos y la ley de la oferta y la demanda era arrolladora, esperar dos días para firmar el contrato se convirtió en una agonía. Encontrar piso nos llevó un mes de búsqueda exhaustiva. Éste era el único apartamento que encontramos que se ajustara a nuestro presupuesto; fuera agradable y además, estuviese situado en Sham Shui Po, el barrio que más nos gustaba en Hong Kong.-

Era un piso grande y luminoso, con tres habitaciones, dos baños y un gran salón. Encontrar un hogar así en Hong Kong no pasaba a menudo. Normalmente, la búsqueda un piso habitable era agonizante. El hecho de que el casero te guardase el piso antes de firmar el contrato y de recibir la fianza no formaba parte del código ético de arrendamientos. El primero que ponía el dinero encima de la mesa, se hacía con el piso. Nos lo recordaban nuestros amigos:

"¿A qué estáis esperando?"

"Poned el dinero encima de la mesa, ¡ya! Os lo van a quitar, y vuelta a empezar, ya sabéis cómo son estas cosas aquí…"

"Tenéis que firmar el contrato ahora y hacer la transferencia al momento."

No había nada que pudiésemos hacer, les explicábamos. No querían hacer ningún trámite hasta el día veintinueve de junio, para no afectar las buenas vibraciones.

El agente inmobiliario nos tranquilizaba:

"No sufráis, yo sé que el piso será vuestro."

Nunca entendí cómo estaba tan convencido porque todas las veces que visitamos el piso antes de decidirnos, nos encontramos con otras parejas interesadas que iban acompañadas de representantes de otras agencias. Probablemente nuestro agente inmobiliario también consultó el almanaque y por eso confiaba en que iba a ser él quien gestionaría el alquiler del piso, con su debida comisión.

Mis amigos chinos sostenían que el piso debía tener alguna pega:

"Vuestro piso es una ganga. No es realista."

"Algo pasó aquí. Alguien murió… ¿quizá? tenéis que preguntar."

"¡Oh!…¡Un asesinato!"

"El piso no debe tener buen Feng Shui (風水)[7] y por eso el alquiler es más bajo."

Yo estaba dispuesta a correr el riesgo. Además todas sus teorías macabras sonaban demasiado atractivas para mi caprichosa mente que siempre buscaba historias interesantes con las que entretenerse.

命

Un pequeño ritual de incienso y ofrendas precedió nuestra entrada al piso. En el centro del comedor, una cebolla cortada por la mitad aparecía depositada encima de un papel de periódico. En su superficie habían pinchado un par de palillos de incienso que iban consumiéndose poco a poco. A su lado, dos recipientes de plástico sin su tapa contenían arroz blanco cocido y costillas de cerdo a la brasa. Le acompañaban tres naranjas enteras, colocadas en forma de pirámide.

"Hay que protegerse contra la incertidumbre." Nos contaba uno de los estudiantes de Hong Kong que compartían el piso 10C mientras salía de su casa y descubría nuestra mirada atónita.

El ritual tenía como principal objetivo evitar cualquier maleficio que pudiera haber quedado atrapado en el piso. Según la creencia, los malos espíritus y los fantasmas solo intervenían en la vida cotidiana de los vivos cuando no estaban satisfechos. Las ofrendas de comida, normalmente, solían apaciguarles. Cuando los fantasmas estaban hambrientos era cuando teníamos que preocuparnos. Todo tipo de contratiempos podían caer sobre nosotros como señal de protesta. Yo podía comprender esa señal de protesta, ya que me ponía de mal humor fácilmente cuando estaba hambrienta. De hecho, John siempre bromeaba al respecto durante nuestros viajes. Su mayor preocupación era asegurarse de que yo comía a mis horas. Afirmaba que en caso contrario podía ponerme insoportable. Yo siempre discrepaba con él, por supuesto.

Todos los restaurantes en Hong Kong ofrecían comida para llevar. Era costumbre en la ciudad comer fuera. Solo, con la familia, amigos o colegas. Sin embargo en las oficinas cada vez era más frecuente que los trabajadores llevaran su propia comida de casa. Los comerciantes locales habitualmente pedían comida para llevar en sus restaurantes de la zona favoritos. La densidad de restaurantes en la ciudad era inabarcable, más aún en Sham Shui Po, un barrio que los hongkoneses consideraban una de las mejores zonas de Hong Kong para degustar exquisita comida china de todos los estilos culinarios y, sobre todo, casera, sin florituras pretenciosas. En hora punta, los clientes se acumulaban en organizadas colas de clientes en la calle. Un gran número de bicicletas circulaban por las anchas y ajetreadas calles del barrio para hacer las entregas de comida. Eran unas pesadas bicicletas de hierro, a menudo oxidadas, con una gran plataforma en forma de cesta en la parte delantera y trasera. Las bicicletas se usaban también para acarrear bultos, pescado, carne, butano y lo que fuera necesario.

También se solía comprar en los restaurantes del vecindario para hacer las ofrendas de los dioses. No había un menú específico para las ofrendas, los devotos elegían los platos del mismo menú que el resto de los comensales y los depositaban en sus altares en el mismo recipiente de plástico blanco que les habían entregado en el restaurante.

Los altares solían estar situados en la calle en la entrada de los establecimientos. En función del espacio entre local y local eran muy pequeños o más generosos, siempre de color rojo. Cada mañana, los propietarios encendían las varillas de incienso y pedían prosperidad a sus dioses y ancestros. En ocasiones especiales, rodeaban los altares con ofrendas de comida: carne, arroz, fruta y, a veces, diminutos vasos de vino de arroz.

El bloque Nam Fung Mansion era un edificio antiguo, como la mayoría de los edificios en Sham Shui Po. Tenía diez plantas, cinco pisos por planta, y una azotea que nunca había visitado. Soñaba con la idea de que fuera comunitaria, abierta a todos los vecinos. Incluso fantaseaba con la posibilidad de plantar un pequeño huerto urbano para cultivar algunas de mis verduras favoritas bajo el sol tropical de Hong Kong.

No se podía ser avaricioso, me repetía a mí misma. No podíamos acceder a la azotea, pero disponíamos de espacio. Éste era uno de los bienes más preciados aquí donde muchas familias vivían en menos de cincuenta metros cuadrados.

Sham Shui Po es un barrio de clase media y gente trabajadora pero también el barrio más pobre de la ciudad, con un 24.6 por ciento de sus residentes viviendo por debajo del umbral de la pobreza[8]. Alrededor de doscientas mil personas viven en 5.8 metros cuadrados pagando una media de 4200 HKD al mes (unos 490 euros)[9]. Son los denominados 'apartamentos jaula' o pisos subdivididos[10]. Sus hogares consisten literalmente en cubículos oscuros sin ventilación o ventanas, en las que solo hay espacio para una pequeña cama y para los más afortunados una exigua mesa. Sus pocos enseres personales suelen colgar de ganchos en las paredes y la cama; o de las rejas que subdividen su espacio. Durante el largo y húmedo verano de Hong Kong, las temperaturas dentro de estos habitáculos pueden superar los cuarenta y un grados. En estos meses, muchos duermen en bancos en el parque, al aire libre. Una opción que desgraciadamente las mujeres no pueden contemplar porque se sienten vulnerables al pasar la noche al raso. Para las 'mujeres jaula' la única opción es pasar la noche recluidas.

"¡Wow! ¿Has visto el tamaño de este piso?"

Comentó atónito el chico que nos entregaba los muebles a su compañero nada más entrar en el piso. Y de inmediato me preguntó:

"¿Te importa si entro en las habitaciones? Nunca en mi vida he visto un piso de estas dimensiones en Hong Kong."

"¡Y tiene dos baños!" Añadía durante la exploración.

Lo que más le sorprendió fue que yo, mujer joven y extranjera, quisiera vivir en Sham Shui Po. Él se crió en Shek Kip Mei (石硤尾), otro barrio obrero colindante. De pequeño pasaba muchas horas en Sham Shui Po, en casa de sus abuelos.

"Recuerdo que mi madre nunca quería acercarse a Sham Shui Po sola de noche. Es demasiado peligroso. Ahora los hongkoneses no queremos vivir en el barrio porque el alberga demasiados inmigrantes del sudeste asiático. Además es considerado pobre y demasiado local."

A John le encantaba tomarme el pelo porque sabía que yo caía siempre en la trampa. Nos llevábamos ese juego incomprensible y cariñoso por el que yo siempre me creía todo lo que él me contaba, aunque me pareciera inverosímil o pensara que no coincidía para nada con la realidad de los hechos que yo conocía.

Por eso cuando el repartidor de muebles se había ido, John corrió a preguntarme si me había dado cuenta de que le faltaba el dedo corazón, y que justo en la línea de corte llevaba un tatuaje, añadiendo con mirada pícara y con la intención de crear algo de suspense:

"Algunas de las leyendas urbanas cuentan que ésta era una de las maneras de marcar a los ex miembros de las tríadas (las mafias de Hong Kong)."

Él sabía que ese comentario me causaría impresión, pues ambos conocíamos que Sham Shui Po era uno de los distritos de Hong Kong que acogían a algunas de estas tríadas, la mayoría establecidas durante los años treinta como movimientos de oposición contra los colonialistas británicos. Posteriormente, son hombres del sud-este asiático quienes principalmente se han unido a estos grupos del crimen organizado, durante diferentes olas de inmigración.

A diario hombres de etnias diversas se reúnen en grupos de entre tres y cuatro personas en diferentes esquinas de Sham Shui Po. Charlan tranquilamente mientras guardan territorio. Cuando me cruzaba con ellos solían observar mis curvas y soltar algún comentario entre ellos en una lengua que yo no entendía. A veces, en inglés, me lanzaban algún vulgar piropo. Yo siempre andaba recto, con la vista al frente intentando ignorarlos. Yo pertenecía al barrio y eso me daba una autoridad que ellos respetaban a su manera. Cuando llegamos a Sham Shui Po era más fácil esquivarlos porque tenían menos territorio tomado. Con el tiempo fueron ampliando los puntos de vigía y era casi imposible saltárselos.

"No lo entiendo, a mí nunca me dicen nada…" Comentaba a menudo y medio bromeando John, sabiendo que yo era objetivo de sus miradas por ser mujer.

El repartidor de muebles tenía razón. Como su madre, yo evitaba siempre esas calles pasadas las 9 de la noche. Además, yo solía ser una de las pocas mujeres extranjeras que deambulaba por el barrio a diario y esto, a veces, hacía que me sintiera algo más vulnerable cuando anochecía. Durante el día, algunos extranjeros acudían a las múltiples mercerías y vendedores al por mayor y al por menor de materiales para la confección.

El Sr. Yu—el portero de la noche- solía alertarme de que el barrio era seguro pero que de noche debía tomar precauciones adicionales y que nunca debía meterme por los callejones característicos del urbanismo de Hong Kong. A diferencia de la arquitectura residencial de Barcelona, en Hong Kong muchos edificios se construían a cuatro vientos, dejando estrechas calles entre edificio y edificio que funcionan como fabulosos atajos.

"En estos años que llevo trabajando de portero en Nam Fung Mansion, he visto de todo en nuestro callejón." Compartió un día, sin darme más detalles, y esperando que tomara nota y siguiera su consejo.

La distribución de nuestro piso de noventa metros cuadrados era casi idéntica a los apartamentos de lujo que abundan en determinadas zonas de Hong Kong. Pero con acabados menos pretenciosos y más acorde con los gustos de la clase media local. Tampoco contaba con una pequeña ala sólo para uso de la criada, como en los pisos más lujosos, que habitualmente situaban detrás de la cocina y constaba de una pequeña habitación con su baño, para no interferir en la vida diaria de los señores.

Los expatriados de alto nivel o los adinerados hongkoneses solían habitar los espectaculares complejos de apartamentos internacionales, que normalmente iban acompañados de salas de juego para los niños, piscina, gimnasio, sauna y pistas de squash.

En Nam Fung Mansion, la escalera había sido renovada[11] y las puertas de entrada a los apartamentos eran todas de madera, al estilo occidental. Tradicionalmente, en China se accedía a las viviendas a través de un sofisticado sistema de doble puerta que constaba de una primera reja de aluminio, que actuaba de seguridad frente a los malos espíritus y una segunda puerta de hierro.

Así era la puerta de entrada de nuestro apartamento en Pekín. Las doble puertas de hierro tienen algo muy característico, y es el ruido que hacen al abrir y cerrar. Primero, el 'rrraakkk 'de la reja seguido del metálico 'clack' de la puerta. El orden es a la inversa cuando se sale de casa, primero el 'clack' y después el 'rrrraakkk'. Era una combinación de sonidos que tengo registrada en mi mente y que me recordaba a mi hogar y vida pekinesa. El sonido de la doble puerta de Pekín era también símbolo de la convivencia. El primer 'rrraakkk' de la puerta de afuera, se escuchaba desde el interior del piso y anunciaba la esperada llegada de John después de alguno de sus largos viajes. Ahora, tenía que acostumbrarme al solitario 'pom' de la puerta de madera.

Además de la distribución y los metros cuadrados, la decoración y la iluminación de los pisos provocaba que a los extranjeros se nos hiciera todavía más difícil encontrar una vivienda en Hong Kong. Los muebles chinos solían ser anchurosos, de madera muy oscura y pesada y, a menudo, más decorativos que prácticos. La fría luz blanca iluminaba todas las áreas de la casa, creando una pálida atmósfera a la que no estábamos acostumbrados. En occidente, las viviendas usaban mayoritariamente la luz cálida como fuente de iluminación. John y yo teníamos una auténtica obsesión contra el uso de las bombillas de luz fría blanca. Lo primero que hicimos al llegar al piso de Pekín, fue sustituir todas las bombillas por otras de luz cálida. No fue tarea fácil, pues no se encontraban fácilmente en los establecimientos de la capital china. Por si acaso, siempre guardábamos una pequeña reserva de bombillas en el cajón de la cocina.

En Hong Kong, la falta de luz natural solía ser el mayor factor a tener en cuenta a la hora de elegir un apartamento. Los niveles de humedad podían llegar a más del noventa por ciento durante meses. Sin la suficiente luz ambiental, la humedad se hacía permanente, creando vida en los lugares más recónditos. A veces las paredes del fondo del armario se llenaban de moho, ante la falta de luz. Los zapatos que aguardaban en sus cajas el cambio de temporada también se podían ver colonizados por ese desagradable pelillo verde. Quizá el caso más extremo que había visto fue el del puchero de madera que erróneamente guardé en el cajón de la cocina cuando todavía estaba un poco húmedo, antes de irme de viaje unas semanas. Durante mi ausencia se metamorfoseó en una enorme bola de pelo verdosa y negra quedando totalmente inservible.

Los herederos de Madame Chen Mei Sum (Deceased) fueron perspicaces al renovar el edificio. Conscientes de la necesidad de espacio, convirtieron todas las galerías exteriores –típicas de la arquitectura tradicional de los pisos de Hong Kong- en nuevas habitaciones, añadiendo preciados metros cuadrados a todos los pisos. De hecho era una práctica que se había convertido en habitual. Por ello, recorriendo a su habitual eficacia, el gobierno organizaba inspecciones anuales para verificar que las nuevas estructuras eran seguras. Al poco de mudarnos, uno de sus inspectores estuvo en nuestro piso, tomando fotos de todos los ventanales.

"No os preocupéis se ven todos en buen estado. Vais a pasar la inspección y no tendréis que hacer ninguna reforma."

Menos mal, pensé. La idea de hacer reformas en un piso que no era el mío no me apetecía en absoluto. La vida en el extranjero me había enseñado a no fiarme nunca del casero, por muy majo que pareciese. Con razón, lo primero que pregunté al visitar el piso por primera vez, fue si las reformas ya estaban terminadas. Lo veía todo tan nuevo y recientemente terminado que me acechó la idea de que todavía estuvieran renovando el edificio y no nos lo hubieran informado.

"No, no. Ya está todo renovado." Nos aseguró el agente inmobiliario.

Mi instinto no se había equivocado. A los dos meses de instalarnos en el piso recibimos la notificación de que tenían que efectuar importantes reformas en la fachada y la escalera interior del edificio.

Posteriormente, un grupo de diez obreros llegaba a Nam Fung Mansion equipado con un camión cargado de largas cañas de bambú. Algunas medían hasta siete metros de largo. A base de atar y entrelazar las cañas de bambú con cintas de plástico, en tan sólo dos días los eficaces obreros habían montado un sofisticadísimo andamio que durante más de seis meses cubriría las cuatro fachadas del edificio.

Esta es una de las profesiones más características de Hong Kong. El bambú suele importarse de China continental. Es flexible y por ello muy estable cuando los huracanados vientos provocados por los tifones asolan Hong Kong en verano. Además es un material que los obreros pueden cortar y entrelazar de un modo que sería imposible con el sistema occidental de los andamios metálicos. Es un arte y un oficio pasado de generación en generación que combina las leyes más complejas de la física con la experiencia y el sexto sentido que los propios obreros han adquirido, después de años de construir estas plataformas en edificios de todas las dimensiones, incluso rascacielos. Aseguran que el bambú les permite construir los grandes andamios en los lugares más recónditos y adaptarse al complejo y extremadamente denso urbanismo de Hong Kong.

Nuestro piso estaba renovado en su totalidad, para estrenar. Las paredes estaban tan blancas e impolutas y el piso tan vacío –sin ningún mueble o electrodoméstico- que el eco de nuestras palabras retumbaba y la luz que penetraba a través de sus ventanales nos deslumbraba.

Era una sensación a la que John y yo no estábamos acostumbrados, desgraciadamente. Pekín es una ciudad maravillosa pero altamente contaminada. El humo de la polución generado por las fábricas, los coches y el carbón que en invierno alimenta el sistema de calefacción público de esta ciudad de más de veinte millones de personas generan la sensación de estar viviendo en un estado de asfixiante niebla permanente.

Para mí, Hong Kong se convirtió en un renacer. Con el tiempo empecé a darme cuenta de todas las cosas a las que había tenido que renunciar para adaptarme al entorno y las circunstancias chinas. Todos esos pensamientos los había silenciado, antes, mientras vivía bajo el hechizo pekinés.

Durante las primeras semanas en Hong Kong no pudimos evitar pasar tiempo observando la luz, las montañas y la vida en las calles. No daba crédito como sensaciones tan básicas y que, a menudo, dábamos por sentado se podían convertir en tan vitales, cuando factores externos como la contaminación te privaban de disfrutar del entorno con libertad.

Hong Kong rompió mi conjuro pekinés. Ya no la echaba de menos. No quería regresar por ninguna razón, allí me sentía intoxicada y me atemorizaba la posibilidad de tener que viajar a Pekín por trabajo, porque sabía que no podría declinarlo. También era cierto que el lado malo de la vida en Pekín se fue diluyendo poco a poco y sólo guardaba buenos recuerdos. Estaba preparada para dejarlos ahí, archivados en mi memoria, y poner punto final.

Dicen que las parejas suelen acomodarse a los gustos del otro. Para nosotros siempre había pequeñas cosas que a cada uno nos gustaban a nuestra manera. Nos gustaba guardar nuestra independencia y encontrar espacio en la relación para ser nosotros mismos. John, por ejemplo, no hubiese instalado cortinas en ninguna ventana.

"Para qué las quiero, si yo las tendría siempre abiertas, incluso de noche. Me gusta la luz."

Sin duda, la peor parte de no tener cortinas era la noche. En Barcelona usamos maravillosas persianas que protegen del intenso sol en verano y que casi convierten la habitación en una cueva, por las noches. Yo le llamaba dormir en oscuridad total, un concepto que John, claramente, aborrecía. Él adoraba sentir la luz por la mañana, aunque fuera a las cuatro de la madrugada, hora en la que amanece en Hong Kong según la época del año. Lo puede hacer con un sol tropical matador, a no ser que esté nublado o llueva.

John y yo veníamos de lugares muy distintos. En Noruega la luz era más preciada que en el mediterráneo, donde nos podíamos permitir el lujo de apartarnos de ella cuando era demasiado intensa.

Fue en Asia cuando empecé a usar antifaces para dormir. Un accesorio que hasta la fecha solo había visto en comedias románticas anglosajonas. Curiosamente en esas cintas solían ser glamurosas chicas, más o menos de mi edad, quienes los usaban. No recordaba haber visto en esas películas a ningún hombre acostarse con ellos. Pero quizá la memoria me jugaba una mala pasada. No importaba.

El antifaz me hizo pensar en la imagen de mujer occidental independiente (soltera o no) que mostraban esas películas. Por descontado no era tan naïf como para pensar que sus sofisticadas vidas cinematográficas eran fieles retratos de la realidad. Lo que sí que hacían era describir un estilo de vida que en absoluto reflejaba el mío ni el de muchas mujeres que había conocido. A pesar de que yo había vivido algunas experiencias en Asia dignas de los mejores guiones de Hollywood. A mis historias les faltaba glamour, y eso las hacía todavía más apasionantes, pero estaban llenas de obstáculos y tropiezos sin final feliz. No es que me preocuparan las dificultades, pero no estaba del todo satisfecha ante la imagen de mujeres con éxito —cada una a su manera- que parecía que lo hubiesen alcanzado todo casi por gracia divina y sin perder nada a cambio.

Imagino que me incomodaba esa imagen de la mujer perfecta occidental y anglosajona que otras culturas anhelaban como símbolo del éxito y del progreso.

Mientras echaba de menos las persianas mediterráneas, encontrar una tienda en el barrio que instalase unas cortinas bien gruesas y nada translucidas opacas, se convirtió en una de mis primeras misiones en Sham Shui Po. En internet era imposible encontrarlas, porque se trataba de establecimientos familiares y pequeños. Además, este tipo de información no dirigida a los extranjeros solo aparecía en las redes en cantonés. En Sham Shui Po no hay oficinas internacionales y poca gente habla inglés. La economía y la vida cotidiana del barrio es puramente local.

Me propuse recorrer el barrio a la búsqueda de una tienda que pudiese resolverme el problema y cruzaba los dedos para que pudiéramos entendernos al menos en mandarín[12]. Tuve algunos intentos fallidos con amabilísimos comerciantes, con los que no conseguí comunicarme en absoluto. Hasta que, finalmente, un día de lluvia tropical me crucé por azar con la tienda de la Sra. Liang. Normalmente no andaba por Lai Chi Kok Road (荔枝角) por ser una de las calles más ruidosas y transitadas del barrio, pero ese día llovía muchísimo, tenía un catarro tremendo y quería llegar a la estación del metro lo más rápido posible. Tomar esa gran avenida era la mejor opción para acortar el camino.

La Sra. Liang se mostraba emocionada al ser yo su primera clienta occidental. Quería hacerlo muy bien y no decepcionarme. En cierto modo, sentía que era un privilegio que yo hubiese elegido su tienda y que hubiese confiado en ella. Por eso me recomendaba usar veinte metros de tela para una ventana de apenas cuatro metros de ancho.

"Así quedará mejor, con muchos pliegues."

Yo sabía que no lo decía para sacarme más dinero a cambio de cobrarme unos cuantos (bastantes) metros de tela extra. En Asia, las cortinas son más bien un concepto europeo al estilo Versalles. Me costó muchísimo hacerle entender que, simplemente, quería una cortina que quedase lo más lisa y neutra posible. La principal barrera era el idioma. Al menos éramos capaces de comunicarnos. Por su acento intuí que su mandarín no era nativo. La Sra. Liang era autóctona de Hong Kong y la gente de su generación no aprendieron el mandarín de manera sistemática como lo hacen los niños hoy en día.

Además, la lengua china puede provocar situaciones cómicas, sobre todo para nosotros los extranjeros. Al ser tonal, la pronunciación cambia bastante cuando uno está resfriado, por ejemplo. No era la primera vez que había observado este efecto y había sufrido en conversaciones en las que normalmente yo me desenvolvía con soltura. Tenía que repetirlo todo algunas veces y forzar mi acento para asegurarme de que mi nariz congestionada no me jugaba malas pasadas con los tonos. Cuando eso pasaba podía fácilmente cambiar el significado de las cosas.

Usamos un trozo de papel y dibujos para entendernos y clarificar los detalles. Había un aspecto muy importante que la Sra. Liang estaba particularmente interesada en explicar. En Hong Kong, la máquina del aire acondicionado suele estar fijada en las ventanas. Las cortinas no pueden cubrirla porque interferirían en su funcionamiento. Por ese motivo, recorren al ingenioso invento de cortar un gran recuadro en la parte superior de la cortina, para que coincida con el espacio de la máquina del aire acondicionado. La solución no es nada estética, pero como muchas otras cosas en Hong Kong, ¡funciona!

La Sra. Liang me lo quería explicar bien porque temía que, al ser yo occidental, no conociese el sistema y le reclamase el día que viniesen a instalarla y me encontrase con una cortina recortada. Cosía las cortinas ella misma y era su marido quien se encargaba del montaje en la casa del cliente. Me contó que aprendió ella sola a coser para poder sacar adelante el negocio con su marido, quién también era autodidacta. Por esta razón, la Sra. Liang no entendía de costura más que para hacer cortinas.

"No sé cómo coser ropa, aunque me gustaría aprender."

Su comentario dio pie a que yo compartiera mi afición por la costura. Le conté cómo aprendí gracias a que mi madre y mi abuela me enseñaran algunos trucos cuando era adolescente. Inmediatamente, la Sra. Liang me preguntó si algo de lo que llevaba ese día lo había cosido yo misma. Casualmente, la falda la había hecho yo pocas semanas antes de abandonar Pekín. En medio de la pequeña tienda, me animó a levantarme y a dar vueltas como si fuera una modelo para poder observarla bien.

"Nunca sabré hacer una cosa así. Pero me gustaría porque la ropa bonita es demasiado cara, y no puedo permitírmela. Si supiera coser, podría vestir de otra manera." Añadía mientras admiraba mi trabajo.

Yo trataba de explicarle que del mismo modo que había aprendido a coser para su negocio, podía aprender a hacer diseños de ropa sencillos que le gustaran. Le expliqué cómo estaba cosida mi falda. También con dibujos y gestos porque la Sra. Liang desconocía en mandarín los términos más específicos. Al fin y al cabo, hacer una falda es casi como hacer una cortina. La que yo vestía ese día tenia algunos pliegues y una cinturilla. Nada más. Y cuando la Sra. Liang se dio cuenta de aquello se puso a sonreír sin dar crédito.

"Es cierto, ¡esto yo puedo hacerlo!"

Cuando le di nuestra dirección para que su marido viniera a tomar las medidas de las ventanas del apartamento, la Sra. Liang me espetó muy sorprendida que ellos también visitaron ese mismo piso pero que no pudieron alquilarlo, porque era demasiado caro para su presupuesto.

Los chinos no tienen ningún reparo en preguntar el precio de las cosas o en interrogar a los desconocidos sobre su nivel económico. Me preguntó cuál era mi salario y cuanto pagaba por el alquiler. En estas situaciones solía buscar la manera de hacerme la tonta para no entrar en detalles. La barrera idiomática era de gran ayuda para salir de ese interrogatorio de manera elegante.

Justo en ese momento, la hija de la Sra. Liang llegaba al establecimiento. Tenía ocho años. Acababa de terminar sus clases y, como cada día, pasaba la tarde con sus padres en la tienda. Ahí hacía los deberes y también cenaban todos juntos antes de cerrar. Con un mandarín impecable nos ayudó a su madre y a mí en las comunicaciones.

Desgraciadamente, para la Sra. Liang, las habilidades lingüísticas de su hija no bastaban.

"Mira qué guapa es esta chica." Le decía en voz alta y en mandarín mientras me señalaba.

Yo inmediatamente le contesté que su hija era guapísima y que además tenía unos ojos preciosos.

"Sí, pero está demasiado gorda."

Añadió rápidamente la Sra. Liang mientras agarraba la redondita cintura de su hija. Su preocupación era que la niña no siguiera los cánones de belleza por los que tener una piel tersa y blanca es símbolo de progreso y de belleza. Solo los campesinos tienen pieles oscurecidas por el efecto del sol. Algunas familias inculcan estos estereotipos de belleza asiática a sus hijas desde pequeñas. Casi priorizan la importancia de la belleza externa, por delante de todas esas cualidades que hacen a las personas especiales y valiosas. Es cierto que todos queremos lo que no tenemos. Mi pelo se vuelve indomable con la humedad. Cobra vida propia y literalmente no hay peinado que pueda domarlo. Yo envidio las melenas lisas y de pelo grueso y fuerte de las mujeres asiáticas. A muchas chicas chinas, coreanas y japonesas les gustan los ojos grandes y usan unas pequeñas tiras de plástico que esconden bajo el párpado para ese envidiado doble párpado occidental que abre los ojos y resalta las pestañas. Cada vez más chinos, japoneses y coreanos recurren a la cirugía para conseguir el efecto de una mirada más brillante[13].

Lo más curioso es que muchas veces me olvidaba de que físicamente yo tenía unos rasgos diferentes a los suyos. Solo me acordaba de ello cuando aterrizaba en un aeropuerto europeo y de pronto me daba cuenta de que la mayoría de la gente que me rodeaba compartía una fisonomía parecida a la mía.

En Hong Kong vive gente de todas las nacionalidades. Es habitual estar en reuniones de trabajo o cenas con amigos de etnias y culturas diferentes. Yo nunca pensaba si estaba hablando con alguien que era diferente a mi físicamente. Simplemente disfrutaba de su compañía por quienes eran. Nuestros rasgos diferentes no eran determinantes, simplemente me fijaba en la magia de encontrarme con personas con interesantes historias y vidas fascinantes.

Algunas veces, incluso pensaba que me gustaría aplicar algunos de los increíbles trucos de maquillaje que dominan las mujeres asiáticas. Me atraía su siempre impoluto maquillaje, pero cada vez que iba a la tienda a comprar esos potingues me daba cuenta de que eso para mí no iba a funcionar. Otras veces no encontraba maquillaje para el tono de mi piel mediterránea.

Normalmente conocida como una dura ciudad de asfalto y rascacielos, Hong Kong es uno de los principales centros de finanzas de todo el mundo. Puerta de occidente a China, y Asia. Con abundante lujo, centros comerciales y dinero, mucho dinero[14] Se construyen centros comerciales con arquitectura europea que recuerdan a los bulevares de París. Los edificios antiguos propios de la arquitectura de Hong Kong se derriban para crear nuevos y modernos edificios.

La isla de Hong Kong es la parte más occidentalizada y, en algunas de sus zonas, el inglés domina como la única lengua de comunicación. Los gimnasios, los restaurantes y los bares que frecuentan los occidentales siguen el modelo anglosajón, creando una industria que mueve mucho dinero.

Pero, al contrario de lo que mucha gente piensa, todo esto es solo una parte minúscula de Hong Kong. El Hong Kong de veras, el que sobrevive en su estado más puro y la ciudad que yo tanto quería, se encuentra en la península de Kowloon y en los poblados y distritos repartidos por la zona de Nuevos Territorios. Es aquí donde muchas áreas todavía resisten la influencia del progreso desenfrenado y la modernización destructiva.

Para algunas familias como la de la Sra. Liang y su marido, el símbolo del progreso era que su hija pudiera formar parte de ese Hong Kong occidentalizado y moderno. La Sra. Liang quería que su hija fuera lo bastante bonita e interesante para encajar en ese mundo y tener la oportunidad de abrirse camino en el Hong Kong de las finanzas, casándose con un hombre que pudiera garantizar un buen sustento económico.

En cambio a mí me fascinaba la realidad asiática y me atemorizaba la idea de alejarme de ella. A veces me engañaba a mí misma pensando que podría haber nacido en otro sitio. Taiwán, Corea del Sur… donde fuera que estuviera más cerca de Hong Kong y así podría quedarme a vivir en esa ciudad durante más tiempo. Con ese juego, apaciguaba el temor a volver a Europa y alejarme de Asia. Del mismo modo que me inquietaba la posibilidad de postergar tanto mi vuelta a occidente que al final mi vida estuviera tan ligada a Asia y quizá nunca pudiera volver a mis orígenes y a mi familia. Un pensamiento absurdo, porque si fuera asiática de nacimiento probablemente mi obsesión sería tener la oportunidad de vivir en alguna ciudad occidental que estaría a su vez también muy alejada de mi lugar de origen. El encantamiento de lo diferente nos persigue a todos…

"Estás condenada. Tu corazón estará dividido para el resto de tu vida." Me alertó un amigo mío, cuando todavía vivía en Pekín.

En ese momento, yo no sabía hasta qué punto tenía razón.

Nam Fung Mansion está situado en la esquina de un cruce en el que confluyen Tainan Street (大南街), Maple Street (楓樹街) y Boundary Street (界限街). El edificio más característico es "la casa verde". Así apodamos al centro religioso taoísta, confucionista y budista de seis pisos que se alza flanqueado entre dos edificios de viviendas. Una gran cabeza de dragón tridimensional corona la fachada en su parte más alta. Columnas rojas contrastan con el verde jade de la fachada.

El resto de edificios son ligeramente más bajos que el nuestro y todos tienen azotea comunitaria.

En uno de ellos, casi cada mañana, un señor con pantalón corto y camiseta de manga corta (probablemente su pijama) se cepillaba los dientes con un cepillo de color naranja. Su prioridad no era sacar brillo a su dentadura. La mayor parte del tiempo tenía el cepillo en la boca mientras realizaba todo tipo de ejercicios matutinos. Movía la cadera, los brazos, las piernas… y, muy de vez en cuando, acercaba la mano al mango naranja del cepillo y le daba un par de pasadas. ¡Cepilla y cepilla! Y… seguía con los ejercicios.

Unos días más tarde descubrí que otros vecinos subían a la misma azotea, al atardecer, también a mover el cuerpo. Flexiones, algunos saltos, combinados con movimientos de cadera y rotaciones para engrasar las articulaciones.

En un día soleado, el mismo señor del cepillo naranja subió al tejado con todos los zapatos de la familia. De diferentes tamaños y estilos. Zapatos de mujer y de hombre. Con un estropajo y un poco de agua se dedicó, con mucha paciencia, a sacarles brillo. Después, los dejó todos bajo el sol para que se secaran.

En esa misma azotea, unas finas cuerdas eran compartidas por los vecinos para tender la ropa. A veces, una madre subía cargada con una cesta llena de ropa húmeda y su pequeño bebé colgado de la espalda en una improvisada mochila fabricada con un trozo de tela. El bebé estaba siempre dormidísimo porque le colgaba la cabeza hacia atrás mientras la madre se afanaba a tender toda la ropa mientras brillaba el sol.

Los domingos por la mañana, la vecina de otra azotea nos deleitaba con un fantástico espectáculo de Taiqi (太極拳)[15] con abanicos. Siempre vestida con su pijama, la mujer de unos sesenta años preparaba su tablet depositándola en un taburete que usaba de plataforma. Le daba play al video y a la música y seguía los pasos atentamente mientras practicaba todo tipo de movimientos. Si abría la ventana de mi habitación, podía escuchar el ruido del gran abanico cada vez que lo desplegaba y lo cerraba con una energía delirante. A veces, la señora se sentía más confiada y subía a practicar sin su tablet ni la música, dejándose llevar por el movimiento y la energía dentro de su cuerpo.

Las azoteas también eran aptas para ser usadas como improvisados trasteros. Colchones, escaleras de madera, juguetes viejos, escobas, mantas, neveras, viejas máquinas de aire acondicionado y todo tipo de cosas inservibles se amontonaban en sus rincones.

Abajo, en el mismo edificio se encontraba uno de los establecimientos que más me fascinaba. Se trataba de un electricista que ocupaba literalmente el espacio de dos estanterías Billy de Ikea, casi 1.70 metros de ancho por dos metros de alto y unos treinta centímetros de fondo. Las estanterías estaban repletas de herramientas y artilugios. No quedaba ni un minúsculo espacio libre. Todo estaba llenísimo de polvo. De un pequeño rincón colgaba la licencia de negocio para acreditar que era una actividad legítima - por si acaso pareciera lo contrario-. Enfrente, el propietario se había creado su propio espacio, en medio de la calle. Tres sillas de madera sujetas con unas cadenas al mobiliario público eran su despacho. Con una mesa y un pequeño jardín que había ido cultivando para conseguir un poco más de intimidad y separar la vía pública y el ruidoso paso de los coches de su espacio de trabajo. Cuando el electricista bajaba la persiana y cerraba la tienda por la noche, las sillas y la mesa hacían una especie de servicio público al barrio. Por las mañanas, temprano, los indigentes del barrio solían sentarse para organizar los pocos enseres personales que cargaban en una bolsa de plástico. Por las noches, algunos borrachos usaban el espacio para hacer un alto en el camino. A veces, durante el día, el electricista compartía el espacio con otros vecinos, bebiendo cerveza a la espera de nuevos clientes. En verano, se libraba del calor y la pegajosa humedad tirándose una botella de agua por la cabeza y el pecho descubierto.

Durante los meses cálidos, las tiendas colindantes preparaban mesas plegables en la calle, enfrente de sus comercios, para cenar al fresco con toda la familia y sus trabajadores.

En la otra esquina, en Boundary Street, las noches de verano revelaban la vida en el interior del edificio que se erige justo enfrente de Nam Fung Mansion. En uno de los pisos, un hombre con una camiseta imperio, yacía en el piso buscando el frescor del suelo, mientras hablaba y gesticulaba con algún miembro de su familia y miraba de reojo la televisión. Un piso más arriba, un poco más a la derecha, otra ventana nos desvelaba una chica joven con el pelo larguísimo. Lo llevaba recogido con una cola de caballo y se estaba probando su exuberante vestido de novia. Más abajo, a pie de calle, un grupo de tres chicos usaban un gran bidón de gasolina vacío para quemar papeles religiosos y hacer ofrendas a los fantasmas y a los dioses. El proceso se alargaba a veces más de una hora. Con o sin cortinas, el piso 10B de Nam Fung Mansion se convirtió en mi ventana sin filtros a la espontánea vida hongkonesa. Lo veía como mi '13 Rue del Percebe'[16] particular. De esta manera, Sham Shui Po y sus vecinos acabaron de conquistarme del todo. Además de la vida en las calles estaba la vida en Nam Fung Mansion y el día a día de nuestros vecinos. Me había familiarizado con los ruidos del edificio, señal de que mi piso se había convertido ya en mi hogar.

El Miauu del gato de la vecina.

El 'chop, chop' de la tabla de cortar verduras. Quizá parecía imposible llegar a escucharlo desde la casa del vecino. Pero, claro, no había que olvidar que los chinos cocinan de manera diferente a la occidental. Verduras y otros condimentos se preparan a diario para freír en el wok. Cortaditos a tiras con precisión y usando cuchillos afilados que metódicamente golpean la madera.

Por las noches, los fines de semana, el característico ruido de las fichas de plástico de Mahjong (麻雀)[17] mezclándose encima de la mesa antes de empezar una emocionante partida. Éste es el único sonido que emitían el silencioso grupo de estudiantes que compartía el piso que estaba al otro lado de nuestro comedor.

Había un sonido que no pude identificar de qué piso procedía y era quizá el que tenía un valor más especial: Dong, dong, dong… el reloj de cucú que alertaba de las horas. Cuando era pequeña adoraba escuchar el sonido del reloj de cucú que tenían mis abuelos en su piso. Cada día, después de comer, mi abuelo religiosamente le daba cuerda con una pequeña llave que guardaba cuidadosamente encima del reloj, para que no se extraviara. Este sonido que llegaba ya casi difuminado a nuestro piso en Nam Fung Mansion fue el elemento que hizo darme cuenta de que estaba viviendo en un barrio casi idéntico al de mis abuelos en Barcelona, donde pasé tanto tiempo cuando era una niña.

El butanero, las tiendas de comida regentadas por inmigrantes del sudeste asiático, el albañil, el fontanero, el taller de reparación de coches, los talleres industriales, la tienda de especias y condimentos, la papelería, las mercerías, las tiendas de costura, las farmacias tradicionales e incluso las tiendas de mascotas. Recuerdo cuando mis abuelos me regalaron dos pequeñas carpas para mi cumpleaños. Una dorada y la otra negra. Las apodé 'Zipi y Zape'[18]. Mi cómic preferido cuando era pequeña. En Sham Shui Po, a menudo veía niños, gente joven e incluso abuelos regresando a casa con una bolsita de plástico y sus peces de la buena suerte en el interior.

Los vecinos de Sham Shui Po y los vecinos del barrio de mis abuelos compartían también el cariño por el entorno. Después de comer y antes de darle cuerda a su querido reloj, mi abuelo solía recoger todas las migas de pan del mantel y las dejaba en el pequeño balcón para alimentar a los pájaros. En Sham Shui Po, me encontraba con vecinos que paseaban a sus pájaros en la jaula. Sin duda, la imagen que captó más mi atención la presencié enfrente de uno de los restaurantes, cuando un vecino animaba a su pájaro a que se comunicase con los grandes peces que nadaban en el acuario del restaurante. Se veían enormes con la distorsión del agua y el cristal.

Durante la época seca, cuando la lluvia era menos intensa, otros vecinos tenían la delicadeza de regar las plantas que espontáneamente crecían por las calles, o las jardineras de instalación pública. Del mismo modo que mi abuelo solía hacer durante los preocupantes periodos de sequía con el precioso árbol que habían plantado enfrente de su casa. Al atardecer bajaba con un gran cubo de agua para refrescarlo.

Había tantas cosas en Sham Shui Po que me resultaban familiares y extrañas a la vez, haciendo de mi vida en Hong Kong algo muy excitante. Sobre todo, el barrio se convirtió en mi mejor compañía durante los largos viajes de John. Él nunca supo reponerse de nuestra marcha de Pekín. Añoraba en demasía la China Continental y, aunque le gustaba vivir en Hong Kong, a menudo dejaba caer que en esa ciudad no encontraba la inspiración.

"Me falta la acción, el desorden, el caos, la incertidumbre y el descubrimiento en un sitio que está en constante movimiento, definiendo su futuro como segunda potencia mundial. Extraño China y sus historias."

Dolía, mucho, pero yo podía entenderlo. Yo también echaba de menos el cambio constante que nos rodeaba en Pekín. La vida en Pekín implicaba muchas más cosas, más allá del adictivo y espontáneo descubrimiento de lo desconocido. La censura y la falta de libertades que constituyen una dictadura me pesaban. Estaba cansada de saber que yo era una privilegiada en Pekín y que los chinos que me rodeaban estaban atrapados en una jaula autoritaria. Sabía que Pekín no era para siempre. Pensaba que John y yo sí que lo éramos.

Me había dicho tantas veces que quería formar una familia conmigo, que quería una vida mejor para los dos….pero no había sido honesto. John nunca quiso reconocerlo, pero su corazón se quedó en Pekín.

Por ello, por Pekín, John no podía amarme. Guardándolo en secreto John pasó el primer año en Hong Kong buscando intensamente la manera de volver a vivir en China. Lo que pasara entre nosotros, lo que iba a dejar atrás cuando se fuera de Hong Kong e incluso el compromiso que nos unía se desvanecieron. Lo intentó con tanto empeño que pronto encontró un nuevo trabajo de profesor de Arte en Pekín.

"Lo he intentado, lo siento. Pero tengo que volver a esa ciudad. No puedo quedarme en Hong Kong."

Estas fueron las palabras que utilizó para darme la noticia. Yo ni siquiera podía entender que quería decir "intentarlo". ¿Qué es lo que había que intentar? Las parejas comparten sus vidas. Toman decisiones en común y así avanzan en sus vidas. Pensaba que teníamos el compromiso de querer crecer juntos. ¿Qué es lo que me había perdido?

Quizá John y yo no éramos tan parecidos como yo pensaba. Quizá nunca estuvimos hechos el uno para el otro. Pekín era nuestro único vínculo.

第三章

Hace Mucho Calor Aquí

Para John, la pintura era su escudo y también la plataforma que le permitía sacar a relucir las historias que tanto le fascinaban.

Sus obras habían sido alabadas más de una vez por la crítica internacional. Muchos expertos habían recalcado su sensibilidad por captar el entorno y sus historias, casi de manera fotográfica.

Después de unos años conviviendo juntos, me di cuenta de que John tenía ese encanto propio de los grandes narradores de historias. Yo siempre había sido una gran aficionada a esas obras de la literatura que trataban de los destinos que solo unos pocos habían experimentado, antes del desarrollo de la industria aerolínea y llegando a lugares lejanos en barco. Sus narraciones me trasladaban a unas culturas desconocidas para mí y que por aquél entonces todavía quedaban alejadas y protegidas de la globalizada influencia occidental. Me quejaba tontamente que Asia, en el siglo XXI, estaba demasiado expuesta al mundo. Hoy en día, viajamos asiduamente. Cada vez quedan menos rincones en el mundo que sean genuinamente locales poco expuestos al estilo de vida occidental. Hay turistas por todas partes, hoteles, resorts, centros comerciales… Yo estaba obsesionada libros escritos por autores locales o internacionales que habían tenido la oportunidad de conocer culturas puramente autóctonas y que habían sido capaces de darles voz de manera y fidedigna. Sus historias generaban en mí el irremediable sentimiento de que tendría que haber nacido antes. Esta misma frustración se había repetido en más de una ocasión en otros aspectos de mi vida. Volvía a sentirla ahora que John me había decepcionado. ¿Me estaba quedando sin tiempo para llegar a algún sitio? Pero ¿cuál era esa meta que aparentemente yo no alcanzaba?

Yo no quería ser más joven, la treintena me gustaba. Estaba satisfecha con la mujer en la que me había convertido, no cambiaría nada. Precisamente porque valoraba todo el aprendizaje que había acumulado a lo largo de mi vida adulta, deseaba poder tener más margen de tiempo para seguir creciendo como individuo y conocerme mejor a mí misma.

Pekín se convirtió en un refugio para John y su pintura. Uno de sus mayores temores siempre había sido perder su peculiar mirada por las cosas. De una manera infantil escondía el recelo de que, si se mostraba plenamente enamorado de mí o incluso hacía algún gesto romántico afectaría a su talento. Mientras nuestro amor perduró protegido por el elixir pequinés, John, se mostraba satisfecho y seguro de querer pasar el resto de su vida conmigo. Instalarnos en Hong Kong convirtió nuestra relación en una competición. John necesitaba sentir que sabía más que yo, que era mejor que yo. No podía aceptar la posibilidad de sucumbir a nuestro amor y asumir que la vida fuera de Pekín era el resultado de algo que estábamos construyendo juntos. Tal escenario le hacía sentirse inferior. Casi como una traición a la persona que él quería ser, o creía querer ser.

Mientras yo podía disfrutar vigorosamente de Hong Kong, John empezó a no querer explorar sus rincones conmigo. Prefería hacer excursiones por su cuenta o pasar el tiempo con otros artistas que había conocido en la ciudad. Todo lo que le relacionara conmigo lo vivía como una amenaza a su identidad y a su arte. Él me quería con locura –siempre supe que daría su vida por mí-, se preocupaba por mí, y me cuidaba, pero ya no era lo mismo. Cada día le contaba con ilusión nuevas anécdotas sobre el barrio y la ciudad. Él apenas mostraba interés o sorpresa. Compartir mi emoción por Hong Kong conmigo le alejaría todavía más de Pekín y su encantamiento.

Poco a poco empezó a odiarme. Cada cosa que yo decía le disgustaba y me lo hacía saber de forma tóxica. Si yo sonreía ante una adversidad, para intentar sacar hierro al asunto, él lo tomaba como si yo fuera una frívola sin conocimiento de causa y me espetaba con todo el desprecio comentarios tipo:

"¿Te parece divertido?"

"¿Crees que es gracioso?"

"¿Te parece una broma?"

Necesitaba convencerse de que yo era algo terrible de lo que tenía que desprenderse, igual que de Hong Kong. Liberarse para volver a Pekín y recuperar esa parte de su identidad que se había perdido.

"Hace mucho calor aquí." Me dijo Pedro -el portero de la mañana- antes de que el Sr. Ng ocupara su plaza cuando aquél se jubiló debido a sus problemas cardíacos.

Me lo dijo en español. Mi cerebro tuvo un cortocircuito y no procesaba la información correctamente. La posibilidad de que el portero pudiera estar hablándome en español en una de las zonas más locales de Hong Kong no entraba en mis esquemas. Así que guiada por el subconsciente y haciendo caso omiso a sus palabras en mi lengua materna, le pregunté en chino mandarín.

"Disculpe, ¿qué dice? ¿Habla mandarín?"

Y me contestó otra vez, en español:

"Hace mucho calor aquí…"

Yo no daba crédito. Escuchaba palabras en español pero por el contexto no quería creer que me estaban hablando en mi idioma. E insistía:

"¿Habla mandarín?"

Pero antes de que me contestase, finalmente quise darme cuenta de que realmente me estaba hablando en español. Sin darle tiempo a responder, añadí:

"Un momento, ¿usted me está hablando en español? ¡Habla español!"

Pedro todo convencido y orgulloso, me respondió:

"Sí, sí,..¡Hace mucho calor aquí!"

Tenía razón. Hacía mucho calor. Estábamos en plena canícula hongkonesa, superando los 34 grados centígrados y a más de noventa por ciento de humedad. Pero la curiosidad hacía que no prestase atención a las tórridas temperaturas. Intrigada, de inmediato, le pregunté la razón de sus altísimos conocimientos de español.

"Viví en América Latina con mi mamá y mi papá cuando era un niño, durante muchos años."

Su nivel de español era excelente, en realidad, aunque no lo hubiese practicado durante décadas, desde que regresó a vivir a su Hong Kong natal a los veinte años.

"Lo he olvidado casi todo. Mi español era mucho mejor antes. Ahora ya soy mayor."

Esta fue la primera conversación que tuve con Pedro nada más llegar a Hong Kong.

Con mi habitual ilusión casi incontrolable hacia las pequeñas cosas, conocer la historia de Pedro se convirtió en el estímulo que necesitaba para convencerme de que la decisión de avanzar en nuestras vidas y dejar China había sido acertada. Me dije a mí misma que no podría haber mejor coincidencia que la de tener un portero chino que hablase español. Quería saber más sobre Pedro y su vida en América Latina. Me propuse enseñarle español, poco a poco, a base de charlar con él y compartir mi día a día.

Un caluroso sábado de verano me dispuse a bajar al vestíbulo para conversar con él. Libreta en mano y un par de bolígrafos para que pudiera tomar notas de nuestra lección de español. Lo que no tuve en cuenta en ese momento es que Pedro era un gran profesional.

"Ahora no puedo, ¡estoy trabajando!" Me contestó plenamente convencido y orgulloso ante mi propuesta de sentarme con él y practicar mi idioma en sus horas de trabajo.

Conocer su historia iba a requerir mucho más esfuerzo, pensé. Pero también me di cuenta de que había infravalorado sus prioridades. Cuando entraba o salía del edificio, Pedro estaba siempre sentado en su silla totalmente derrotado y medio dormitando con la cabeza caída, acurrucado. Siempre vestía su uniforme impecable. A diferencia de los demás porteros, Pedro nunca llegaba a trabajar ya vestido con su indumentaria al completo. Eso no sería respetuoso. Por el contrario, vestía una perfectamente planchada camisa de cuadros. Aprovechando la camiseta imperio de color blanco que llevaba debajo, se cambiaba de ropa discretamente y se ponía la camisa azul claro de su uniforme en el mismo rellano de Nam Fung Mansion. Realizaba el ritual a la inversa cuando llegaba la hora de finalizar su turno. Los pantalones azul marino sí que los vestía durante todo el día.

Pedro hacía su trabajo con orgullo, aunque tuviera casi ochenta años y le supusiera un esfuerzo considerable viajar más de una hora en tren para llegar al edificio Nam Fung Mansion. Su jornada laboral era de lunes a sábado, de siete de la mañana a siete de la tarde. Con sólo un día de descanso a la semana.

No existe una edad oficial para retirarse en Hong Kong, aunque muchas empresas privadas acuerdan los sesenta o sesenta y cinco como edad apropiada. Para algunas familias, como el caso de Pedro, eso era demasiado pronto. Si se hubiese retirado veinte años antes, no podría haber financiado la educación de sus dos hijos. Rondaban en ese momento la treintena y trabajaban en una de las numerosas oficinas del centro de Hong Kong.

Pedro se sentía afortunado, algunas mujeres de su edad, o incluso más jóvenes se encontraban en situaciones realmente preocupantes. Conocidas como las abuelas de los cartones, estas más de cinco mil mujeres disponen de ingresos que provienen de revender cartones de segunda mano. Algunos son antiguas funcionarias que disponen solo de 3000HKD al mes de pensión (unos 350 euros)[19]. Vendiendo cartones, con suerte, pueden ganar unos 1000HKD al mes (unos 117 euros), una cifra que llega justo en el umbral de la pobreza en la ciudad. Al no ser un trabajo oficial y no estar reconocido, no disponen de ninguna protección o apoyo gubernamental. La mayoría se concentran en Sham Shui Po. Las que pueden asumirlo económicamente, viven en unidades subdivididas, o en esas claustrofóbicas jaulas. El resto duermen en las calles[20].

Con el tiempo acabó creciendo un gran vínculo entre Pedro y yo. Nos unía mi lengua materna y la posibilidad de compartir experiencias (aunque dispares) gracias a nuestras vidas en el extranjero.

A menudo, Hong Kong parece un territorio que solo recibe a nuevos residentes, pero lo cierto es que ha vivido diversas oleadas de éxodos desde la mitad del siglo XX. Cuesta creerlo debido a las extremada densidad de las calles de Hong Kong. Durante la Segunda Guerra Mundial y escapando de la ocupación japonesa, Pedro emigró con sus padres a América Latina cuando tenía unos cinco años. Se repitieron otras oleadas, que culminaron en los años noventa cuando China y el Reino Unido firmaron una declaración conjunta para formalizar la retrocesión de Hong Kong a soberanía china después de más de cien años bajo influencia británica. Muchos abandonaron Hong Kong por miedo a que la mano de hierro china convirtiera el territorio en otra provincia y les extirpara sus libertades.

Pedro no regresó a Hong Kong hasta que fue un adulto. Su padre falleció joven, debido a los mismos problemas cardiacos que él heredó. Fue entonces cuando su madre decidió poner fin a la vida en el exilio. Había vivido en América Latina durante unos veinte años. Sin su marido, nada tenía sentido. No se veía capaz de superar el duelo sola, en un lugar tan lejano. Vivir en América Latina, sola con Pedro, era una carga demasiado grande. Su madre contaba con que Pedro podría rápidamente acostumbrarse a la vida en Hong Kong y confiaba en que pronto él contribuyese con un sueldo.

Pedro había aprendido el cantonés de sus padres. Lo hablaba en casa con ellos. Entendía sus raíces chinas solo a través de la convivencia con sus padres. Hong Kong era para él un sitio desconocido y extraño. Sus padres nunca echaron la vista atrás después de tomar la dolorosa decisión de abandonar Hong Kong. Nunca malgastaron el dinero que ganaban para volver a casa y visitar a su familia. Así los abuelos de Pedro fallecieron durante su ausencia. Sus padres ahorraban con cariño para dar a Pedro la posibilidad de estudiar en la universidad. En su lugar, su madre destinó esos fondos para regresar a Hong Kong y empezar una nueva vida en esta ciudad. Habiendo pasado tantos años en el extranjero, Pedro y su madre estaban fuera del sistema. También perdieron las oportunidades creadas por el renacer económico de Hong Kong después de que los japoneses se retiraran.

Pedro fue saltando de trabajo en trabajo. Se casó y formó familia. No fue hasta que su corazón empezó a darle problemas cuando encontró el primer trabajo de portero. Su mujer se alegró. La salud de Pedro requería un trabajo sin mucho esfuerzo físico, de lo contrario, pensaba sin decírselo, acabaría como su padre, muriendo a una edad demasiado temprana. Eso no podían permitírselo. Económicamente querían que sus hijos fueran la primera generación universitaria de su familia. Con su retorno a Hong Kong, Pedro perdió la oportunidad de tener estudios universitarios, pero ganó una vida mejor para sus hijos.

Para mí, la vida en el extranjero empezó como una oportunidad para seguir sumando experiencias fuera del entorno acogedor en el que había crecido en Barcelona. Pertenezco a una de estas generaciones europeas en las que los jóvenes tenemos licenciaturas y másters. Más de uno, en ocasiones. Algunos profesionales son expatriados gracias a generosos contratos proporcionados por grandes empresas y corporaciones. Sus beneficios incluyen billetes de avión de vuelta a su país de origen para visitar a la familia, escolarización de los hijos en los mejores centros, costosos seguros médicos internacionales y vivienda. Este era el principal perfil de extranjero que habitaba en Hong Kong y en muchos destinos asiáticos cuando las finanzas y las grandes corporaciones movían el mundo. Fue anterior a la crisis del 2008 y antes de la fragmentación profesional y empresarial creada por la generación tecnológica y la llegada de las Startups y la cultura visual. En los últimos años, estas ciudades han visto la llegada de una nueva oleada de trabajadores foráneos que, aunque son habitualmente etiquetados como 'expats'[21], son, en realidad, inmigrantes que gozan de condiciones laborales parecidas a las de los trabajadores locales de su mismo nivel profesional.

Yo me incluyo en este último grupo y me enojo cada vez que alguien se refiere a mí como expatriada. Yo trabajé muy duro para sacar el máximo partido a la oportunidad que se me había brindado. No estaba en Asia par tener el privilegio de vivir por encima de mis posibilidades. Tampoco me vanagloriaba de poseer unas comodidades inalcanzables en Europa en las mismas circunstancias. Por eso muchos intentaban postergar su estatus de expatriado para mantener su vida de élite plagada de facilidades y privilegios, para no perder esos golosos beneficios. Especialmente las familias con hijos, porque en Hong Kong pueden fácilmente permitirse una sirvienta 24 horas al día, 6 días a la semana para que cuide de la casa y de los hijos[22]. Es así como el gran número de expatriados que reside en Hong Kong contribuyen a hacer del territorio una masiva máquina de hacer dinero. Donde las tiendas dirigidas a la clase adinerada piden precios desmesurados por el más mundano artículo.

Mi experiencia asiática empezó como una decisión voluntaria cuando la pequeña empresa para la que trabajaba en Barcelona, nada más terminar mis estudios, me ofreció la posibilidad de embarcarme en su proyecto emprendedor de abrirse mercado en Asia. Tenía un sueldo que apenas cubría los gastos básicos pero cuando las cosas iban bien, me llevaba un pequeño sobresueldo gracias a las comisiones que cobraba por cada proyecto que conseguía cerrar. Ese trabajo, que empezó casi como un experimento, me brindó nuevas oportunidades y fue así como llegué a Pekín. Uno de mis clientes chinos me ofreció la posibilidad de unirme a su empresa y trabajar para su departamento de desarrollo de negocio. Era la primera persona occidental que trabajaba en su empresa. Mi jefe quería precisamente que yo le ayudara a reorientar su negocio para ser más competitivo. Internacionalmente estaba convencido de que después de los Juegos Olímpicos de 2008, China se abriría al mundo. Quería estar preparado.

Era una empresa pequeña, con potencial. Aprendí muchísimo gracias a que tuve la oportunidad de trabajar con mis compañeros chinos como una empleada más y sin ocupar el puesto de expatriada.

Cuando se vive fuera, el tiempo pasa volando. Los años se van acumulando, demasiado deprisa, sin que uno tenga tiempo de darse cuenta. Para la madre de Pedro, fue la muerte de su marido lo que la empujó a decidir que había llegado el momento de poner fin a todo aquello. Pedro me lo contaba a menudo con lágrimas en los ojos. En otros casos menos dolorosos y dramáticos suele ser simplemente la vida la que pone las cosas en su sitio.

Siendo honesta conmigo misma, yo sabia que no era este tipo de personas que planifican y analizan cada uno de los aspectos de su vida, al milímetro.

Antes, yo no era así. Me llevó unos años aprender a vivir sin la necesidad de controlarlo todo. A pensar menos en el resultado final y más en el presente y el camino de la vida. Asia me había convertido en una experta en dejar que la vida fluyera. Lo curioso es que yo no fui consciente de que ese era el tipo de persona en el que me había convertido hasta que un día, un amigo, entre copa y copa me preguntó:

"¿Cuál es para ti el propósito de la vida?"

Una pregunta de lo más profunda. De esas que surgen en los bares cuando ya has agotado todo los temas de conversación y las copas empiezan a hacer efecto.Me di cuenta de que probablemente no había pensado en la vida y su propósito hasta hacía dos años, y se lo expliqué.

"Y qué has hecho hasta ahora… ¿Rock n Roll?" Me espetó con picardía y yo me sentí juzgada por pensar en la vida de una manera diferente.

La ruptura con John aceleró mi transición a la treintena. La edad ya la tenía, pero antes no había motivo para pensar en ello. Me dedicaba a ser yo misma, a vivir mi vida y a tomar decisiones que fueran razonables y beneficiosas para mi futuro y el de nuestra relación. Mi vida tenía un propósito pero sin planes a largo plazo muy marcados. Si había algo que había aprendido de mis experiencias en Asia era que la vida era demasiado imprevisible. Y que quizá era bueno dejar que algunas cosas pasaran por sí solas. La ruptura generó una avalancha de pensamientos y realidades que nunca había barajado y, por primera vez, cambió mi punto de vista sobre lo que yo estaba consiguiendo trabajando en el extranjero y hasta dónde pretendía llegar.

Con su marcha, John me impuso un injusto cambio de prioridades, mientras él alegremente regresaba a Pekín para recuperar esa magia que tanto extrañaba.

Pedro me confesó un día que su madre cargaba con el arrepentimiento de haber pasado tantos años viviendo alejada de Hong Kong. Le pesaba la culpa de no haber podido pasar el tiempo suficiente con sus padres, los abuelos de Pedro, antes de que estos fallecieran. Pedro tampoco conoció lo maravilloso de tener abuelos y pasar tiempo con ellos. Lo poco que supo de ellos le llegaba a través de las fotografías y cartas que, de vez en cuando, recibía en América Latina desde Hong Kong. Su madre se las leía entre lágrimas, y aprovechaba para contarle a Pedro pequeñas anécdotas de su infancia en Hong Kong.

"La tristeza de mi madre al vivir la muerte de sus padres desde América Latina me marcó para siempre. Volver a Hong Kong fue muy duro. Tuvimos que hacer muchos sacrificios, pero garantizó que estuviéramos todos juntos como una familia. Mis hijos pasaron tiempo con su abuela. Y yo pude cuidar y estar al lado de mi madre hasta el último momento."

Los primeros años de vivir en Asia mis padres se veían siempre jóvenes. Para ellos no pasaban los años. Volvía a Barcelona una vez al año. Y ahí les veía en el aeropuerto, esperando ansiosamente en la zona de llegadas, siempre radiantes y llenos de vitalidad. Pero en los últimos años no podía cesar de observar pequeños cambios físicos que ponían en evidencia que el tiempo también iba pasando para ellos, ahora que ya tenían más de setenta años. Los cambios que observaba no se podían cuantificar. No es que de golpe pudiera contar un par de arrugas más en el rostro de mi madre cuando la abrazaba en el aeropuerto. Tampoco advertía mayores gradientes de gris en la que fue una fuerte cabellera negra de mi padre.

"¿Por qué no le dices a tus padres que se trasladen a vivir a Hong Kong, con vosotros?" Me recomendaba, a menudo, el Sr. Yu –el portero de la noche- con su habitual sonrisa.

Él siempre lo veía muy claro. Para qué sufrir la distancia, si podía simplemente trasladar a mis padres a Hong Kong. Creo que él no era capaz de valorar que algo así sería imposible. Cómo podría yo pedirle a mis padres que a su edad dejasen su Barcelona natal, cuando nunca habían tenido la oportunidad de trabajar en el extranjero, para vivir permanentemente en Hong Kong.

A diferencia de su hermano que emigró a América Latina en búsqueda de oportunidades cuando era muy joven, el Sr. Yu –el portero de la noche- nunca había vivido fuera de Hong Kong.

Él era uno de los miles de chinos originarios de China Continental que emigraron a Hong Kong durante los diferentes episodios turbulentos de la historia China.

El Sr. Yu –el portero de la noche- era muy pequeño cuando llegó al Hong Kong británico. Por aquél entonces hablaba perfecto mandarín. Adoptó el cantonés durante su nueva vida en Hong Kong y paulatinamente fue olvidando el mandarín. Tampoco hablaba inglés y lo poco que recordaba de su lengua materna servía para que pudiéramos comunicarnos. No se avergonzaba de no acordarse de alguna palabra y, sin miedo, iba completando los vacíos que dejaba su memoria con vocablos en cantonés. Por el contexto, siempre conseguíamos entendernos. Si no, buscábamos la manera de llegar a descifrar lo que queríamos explicarnos.

Por ejemplo, el aire acondicionado del vestíbulo se estropeaba a menudo. Cuando eso ocurría, el Sr. Yu –el portero de la noche- se asaba. Por eso, yo sabía que cuando me explicaba en mandarín "se ha estropeado la calefacción otra vez y me estoy muriendo de calor aquí encerrado", yo ya entendía que con una temperatura ambiental de 35 grados a la sombra, seguramente lo que se le había estropeado era el aparato del aire acondicionado.

Nuestro vínculo se forjó durante el frío invierno de 2015, pocos meses después de mi llegada a Nam Fung Mansion. Fue el primer invierno que pasé en Hong Kong después de abandonar Pekín. Estaba contenta de haber dejado atrás las gélidas temperaturas bajo cero del interminable invierno pekinés.

Hong Kong tiene un clima sub tropical. Es cálido y caluroso durante buena parte del año. La temporada oficial de playa, por ejemplo, empieza el uno de abril y se alarga hasta el treinta y uno de octubre. Durante estos meses las piscinas descubiertas públicas están abiertas y las playas cuentan con servicio de socorristas. La primavera y el otoño son breves. Dando lugar a un largo verano y un clima propiamente invernal de tan solo pocas semanas, cuando las termómetros pueden caer hasta los nueve grados centígrados de mínima en los días más fríos. Es en estos periodos, cuando la falta de luz natural contribuye a que el húmedo ambiente te cale los huesos. Principalmente cuando te encuentras en casa o en la oficina. Con este agradable clima y breve invierno, por supuesto, nadie dispone de calefacción. La mayoría, como Nam Fung Mansion, solo disponen de instalación de aire acondicionado. Ésta es probablemente la posesión más preciada en Hong Kong.

El azar es caprichoso y para compensar los placeres del calor tropical, nos tocó vivir el invierno más frío en Hong Kong de los últimos cincuenta años. Por supuesto, sin calefacción.

Nosotros intentamos resistir la necesidad de comprar una estufa eléctrica. Pensamientos absurdos nos venían en mente: Cómo vamos a comprar una estufa en un país con este clima tan cálido. Total la usaremos solo unos días y después va a ser un trasto. Dónde vamos a guardarla…

¡Qué remedio! El aparato se sumó al omnipresente deshumidificador, que funcionaba día y noche para intentar mantener los niveles de humedad del piso por debajo del 60%, algo que no siempre se alcanzaba. Lo apodamos R2D2[23] por su forma y las cuatro ruedas que permitían deslizarlo por el piso.

Durante ese invierno, el Sr. Yu –el portero de la noche- se puso enfermo en más de una ocasión. Con fiebre y sin acceso a ningún tipo de facilidades, se pasaba las noches sentado en su minúsculo espacio esperando a que pasara la noche para poder irse a casa a dormir y descansar. Sólo disponía de un termo de agua caliente que se traía de casa. Y eso tenía que durarle toda la noche. Esos son los únicos días que había visto a el Sr. Yu –el portero de la noche- perder su singular sentido del humor.

Por principios y por una cuestión de supervivencia, al único ser vivo que extermino son las cucarachas. En Hong Kong, el calor tropical hacía que estuvieran por todas partes. Por las noches, algunas calles son como un campo de minas. Llenas de estos bichos desplazándose a toda velocidad. A veces aparecían desafiantes frente a la puerta de entrada al edificio. Yo siempre le pedía a el Sr. Yu –el portero de la noche- que les plantase cara y se asegurara que no entraran. Él siempre me respondía:

"¿Pero por qué les tienes tanto miedo? ¿No ves lo pequeñas que son y lo grande que eres tú?"

Tenía razón. Pero a mí me parecía un bicho repugnante y difícil de exterminar. Aunque no las veas, las cucarachas están por todas partes. Y lo que es peor, a veces mandan a sus exploradoras para que inspeccionen nuevos territorios. Su misión se centra en explorar si tu agradable piso es uno de esos sitios que podrían ocupar. Con los años, viviendo en Asia había desarrollado una especie de sexto sentido para localizar a esos soldados exploradores. El rabillo del ojo había adquirido una poderosa visión periférica capaz de detectar todo tipo de movimiento. Tenía que actuar rápidamente y aniquilar la cucaracha antes de que saliese corriendo y se escondiese en cualquier rincón. Si eso pasaba, ya sabía que la había perdido para siempre y que nunca más sabría si seguía compartiendo piso conmigo.

Había diferentes métodos, pero el más seguro y eficaz era atraparla con cualquier receptáculo que tuviera a mano. Un vaso de la cocina (que por supuesto iba a la basura inmediatamente después de la exterminación), lo que sea.

Una vez atrapada y con mucho cuidado el siguiente paso era introducir spray insecticida en el interior de esa celda improvisada, sin que la cucaracha aprovechase esa pequeña apertura para escapar. Normalmente el bicho moría al instante. Deshacerse del cadáver lo encontraba también repugnante, pero al menos no generaba la tensión de cazar al bicho antes de que se escapase.

Este sistema conseguía evitar la habitual situación de correr tras la cucaracha echando spray sin control y que yo acabara mareada antes que la cucaracha muriese. También corría esa leyenda urbana de que no hay que aplastarlas nunca, para evitar que, casi a modo de venganza, suelten sus transparentes e invisibles larvas que un día se convertirán en cucarachas adultas que invadirán tu casa.

Un día encontré un pequeño dragón en el baño. Con mucho cariño y siguiendo el mismo sistema lo atrapé en uno de estos vasos para bajarlo a la calle y liberarlo. El Sr. Yu –el portero de la noche- no daba crédito cuando me vio bajar a las doce de la noche con un reptil entre mis manos. Mientras lo liberaba en un pequeño matorral colindante, el Sr. Yu –el portero de la noche- me espetó con picardía:

"No sé por qué lo liberas, en China nos los comemos."

Él sabía que ese comentario iba a ser controvertido.

Para animarle un poco durante el frío invierno yo le bajaba una gran taza del remedio universal contra el resfriado común: agua caliente con limón, jengibre y miel. Alguna vez me acercaba hasta el popular restaurante de Jiao Zi (餃子)[24] en Tainan Street y pedía una sopa, bien caliente, para llevar. En estas ocasiones el Sr. Yu -el portero de la noche- siempre se enfadaba conmigo.

"El dinero cuesta mucho esfuerzo de ganar. Tienes que guardártelo para ti. No lo gastes en comida para mí. Éste restaurante es muy caro."

El tazón de sopa costaba 40 HKD (unos 4 euros). Contaba con una docena de Jiao Zi cocinados al vapor y un rico caldo de verduras y carne. El restaurante era un negocio familiar. Abuela, hijos, tíos y nietos trabajaban sin cesar rellenando manualmente los Jiao Zi. La cola de hambrientos comensales se acumulaba en la calle a diario, tanto a la hora de comer como durante la cena. La gente compartía mesa con desconocidos y todos comían rápidamente, sin apenas sobremesa, para dejar las sillas libres cuanto antes. Uno de los nietos siempre era el encargado de atenderme. Él era el único miembro de la familia que chapurreaba algo de inglés y por eso me lo enviaban a mí cada vez que veían que entraba por la puerta, para facilitarme las cosas.

"¿How many do you want? ¿A thousand? (un millar, en inglés)"

¡Un millar de Jiao Zi! ¡ Madre mía! —pensaba entre mí el primer día que visité el negocio. ¡Cómo podía ser que preparasen un plato de mil Jiao Zi a 4 euros! ¡Era imposible! ¿Y cómo cabían un millar de Jiao Zi en un plato? Por más que le preguntase, incluso en mandarín, cuántos Jiao Zi van en el plato me contestaba incesantemente, en inglés:

"¡ A thousand!"

En estos casos, a veces era mejor arriesgarse y aceptar. De acuerdo, ponme un millar de Jiao Zi. Que sea lo que Dios quiera. Cuando me entregaron el plato por primera vez, me di cuenta de que "a thousand" era en realidad "a dozen", una docena. Esto ya tenía un poco más de sentido[25].

En consecutivas veces que había ido al restaurante, cada vez que el nieto me preguntaba:

"¿How many do you want? ¿A thousand?" Yo contestaba convencida:

"Yes, ¡a thousand! ¡Please!" Y esperaba tranquilamente mi ración de doce Jiao Zi.

El Sr. Yu –el portero de la noche- solía cenar a las cuatro de la tarde, antes de salir de su casa para ir a trabajar. Normalmente, por la noche le atacaba el hambre y por eso se acercaba a restaurantes más modestos a comprar comida para llevar y entretenerse con un plato caliente durante la larga noche. El Sr. Yu –el portero de la noche- vigilaba muchísimo el dinero que gastaba. Solía comer en casas de comida donde el mismo tazón de sopa que yo le compraba costaba la mitad, unos dos euros.

A veces sustituía la comida local por una hamburguesa del McDonalds que había a la vuelta de la esquina. Desgraciadamente la comida rápida resultaba más atractiva además de mucho más económica que los restaurantes locales.

Entre semana, a la hora del almuerzo, este McDonalds se llenaba literalmente de adolescentes vestidos con sus uniformes escolares. Ninguno de ellos se acercaba a un restaurante chino. Como mucho cambiaban el McDonalds por galletas y otras chucherías industriales que adquirían en el supermercado que estaba puerta con puerta con la hamburguesería americana.

El Sr. Yu –el portero de la noche- vivía con su madre, su segunda mujer y sus tres hijos en un minúsculo piso en una de esas remotas y alejadas zonas de Hong Kong. Vivían los seis únicamente de su sueldo, que no llegaba a los 1000 euros al mes.

"Ya tengo más de sesenta años, algún día debería jubilarme, pero necesitamos el dinero."

Su hermano, ya retirado, hizo fortuna en América Latina y se compró tres pisos. Uno de ellos en Chicago donde ahora residía. Estaba acostumbrado a vivir alejado de la realidad hongkonesa y el duro día a día de el Sr. Yu –el portero de la noche-. Sólo una vez al año viajaba hasta Hong Kong para acompañar al Sr. Yu –el portero de la noche- a su pueblo natal en China continental y visitar el cementerio donde yacían sus ancestros.

"Mi hermano tiene más dinero que yo. Pero yo sé que lo más importante es ser buena persona. Vivir en paz y tener un buen corazón.

Por eso yo no me enfado porque mi hermano tenga más dinero y no me ayude económicamente."

Así se mantenía vital y joven de espíritu.

"La felicidad y ser buena persona son lo que te mantiene joven. Mi madre tiene noventa años y está de maravilla. Solo tiene muy mala memoria. ¡Y mi padre falleció con cien años!" Me contaba a menudo muy orgulloso.

Otro día me confesó que sólo había viajado una vez en avión, cuando fue a Indonesia con su hermano. La única vez que fue generoso y se lo llevó de viaje. Al Sr. Yu –el portero de la noche- le encantó volar. Por ello me preguntaba constantemente por los viajes de John.

"¿A dónde ha ido esta vez? ¿Cuántas horas de vuelo ha hecho?"

Pero cuando John llevaba muchos días fuera, el Sr. Yu –el portero de la noche- se impacientaba. Intentaba mantener la cuenta.

"¿Cuántos días lleva fuera? ¿Dos semanas? ¿Ya sabes cuándo regresa?"

Siempre solía calcular a la baja. John pasaba mucho más tiempo fuera de lo que el Sr. Yu –el portero de la noche- creía recordar. También se preocupaba mucho por mí cuando yo me quedaba sola.

"Hoy llegas muy tarde de tu clase de yoga. Son ya las diez de la noche. Corre, no te entretengas a hablar conmigo, sube a casa. Cena y vete pronto a dormir."

Los días que regresaba a mi casa antes de que él empezase su turno a las siete de la tarde, no conseguía verme. Y al día siguiente me alertaba:

"¡ Ayer no te vi! ¡ Qué pasó! ¿No saliste de casa por la tarde? Te eché de menos."

Cuando me iba de viaje, aunque fuera por un par de días. Se ponía todavía más triste. Salía a la calle conmigo. No me dejaba llevar las maletas y no se separaba de mi lado hasta que se había asegurado de que había cogido un taxi y estaba todo en orden. Yo le abrazaba siempre antes de subirme al taxi. Y el Sr. Yu –el portero de la noche- se quedaba casi paralizado. Me devolvía el abrazo con timidez. No sabiendo muy bien cómo actuar, pero siempre queriendo demostrarme que realmente sufría durante mi ausencia.

Finalmente, un día se atrevió a pedirme si podíamos conectar en Weixin (微信)[26]. Y así seguir en contacto mientras yo estaba fuera.

"No entiendo mucho de estas cosas. Vas a tener que ayudarme tú. Me dijo mientras me pasaba el móvil para que añadiera mis datos y nos pusiera en contacto."

El Sr. Yu – el portero de la noche- era curioso pero respetuoso. Solo me enviaba mensajes cuando yo estaba de viaje. Siempre eran mensajes de voz porque a él le costaba mucho escribir. Confundía los caracteres chinos tradicionales con los simplificados[27] (solo en uso en china continental). Yo le enviaba fotos de todos los sitios a los que iba y le contaba anécdotas de mis viajes.

Cuando yo viajaba a Europa era cuando más curiosidad mostraba. El viejo continente le parecía demasiado lejano y desconocido. Muchas veces confundía las ciudades con sus respectivos países. Aunque yo ya se lo había contado muchas veces, nunca recordaba que al menos tardaba unas 19 horas en llegar a Barcelona.

"Uf, eso son muchas horas. Casi un día completo. ¡Mi hermano tardaba todavía más cuando venía a visitarnos desde Perú!"

Al Sr. Yu –el portero de la noche- tampoco se le escapaba ningún detalle. Lo sabía todo sobre nosotros y nuestra vida.

"Tu chico acaba de volver del supermercado. Venía cargadísimo con todo tipo de vegetales y fruta. ¡Bananas, piña, uva… y agua!" Me informaba sonriente mientras yo entraba en el edificio.

Algunas veces, sin darse cuenta, el Sr. Yu –el portero de la noche- subestimaba mis conocimientos de chino. Es cierto que yo no hablo chino cantonés con fluidez pero sus similitudes con el mandarín hacían que muchas veces fuera capaz de adivinar lo que estaban diciendo, especialmente cuando él explicaba a nuestros vecinos detalles de mi vida cotidiana con los que estoy de lo más familiarizada:

"Esta chica habla muy bien chino. Vive con su chico en el piso diez. El martes va a su clase de ballet y llega siempre muy tarde, como hoy. Casi a las once de la noche. Su madre la visita siempre que puede. Estuvo aquí hace solo unos días. Pero ya se ha ido. Y ahora está sola otra vez porque su chico siempre está viajando."

Se moría de curiosidad por saber qué comíamos y cómo vivíamos. No entendía nuestra dieta europea. Creía que teníamos demasiados caprichos. La fruta era un antojo caro para sus estándares y a menudo me preguntaba el precio de las cosas que comprábamos:

"Tu chico ha comprado piña otra vez. ¿Cuánto cuesta? ¿Es muy cara verdad?"

Recuerdo un día que fui a comprar al supermercado. Un chico de unos treinta años y con rasgos de pertenecer a alguna de las etnias minoritarias de china continental se me acercó hablándome en mandarín, mezclado con algún dialecto chino que fui incapaz de identificar y alguna palabra en inglés. De hecho se comunicó conmigo básicamente con gestos, señalándome diferentes productos de la sección de frutas y verduras. Me costó un rato entender qué estaba pasando hasta que finalmente me percaté de que en su otra mano sostenía un teléfono móvil. En la pantalla había una mujer de su misma edad con quién estaba realizando una video llamada para enseñarle en vivo y en directo la abundancia de frutas y verdura que podía encontrar en el supermercado. El chico conocía el nombre de algunos productos en inglés. Los que no sabía, los cogía uno a uno y me pedía que pronunciara su nombre en voz alta, hacia la cámara para que la mujer pudiera también oírlo.

"¡O-R-A-N-G-E! (Naranja)." Repetía la mujer poco a poco, hasta que consiguió recordar el vocablo en inglés para esa redonda fruta de color naranja.

Yo protagonicé una experiencia similar, pero a la inversa, cuando me acerqué por primera vez a la tienda de especias regentada por la Sra. Lam y su hijo en búsqueda de uno de mis condimentos chinos favoritos, la pimienta de Sichuan. La Sra. Lam no hablaba ni una palabra de inglés o mandarín. Todos los detalles que aprendí sobre su vida me los había contado su hijo, bajo la tutela de la Sra. Lam que cautelosamente, en diferentes ocasiones, le había ido pidiendo que me fuera traduciendo ciertos aspectos de su vida. A la Sra. Lam, no le gustaba que yo le contase aspectos de mi vida en China continental.

"No me gustan nada los chinos."

Y añadía, intransigente, en un inglés entrecortado:

"Chinese no good. ¡Hong Kong people, good! (¡Los chinos no buenos. Gente Hong Kong, buenos!)"

Un día por fin entendí porque tenía tanto reparo en que yo le hablara de mi vida en Pekín. Su marido la abandonó a los pocos años de haber dado a luz a su hijo. Encontró a una mujer más joven procedente de china continental con la que se casó y se trasladó con ella a una provincia China para formar una nueva familia.

"Hay muchas mujeres chinas que vienen a Hong Kong a buscar el dinero de los hombres de aquí. Nosotros no somos ricos, pero para ellas nuestros ahorros de clase media son la garantía para una vida mejor en su lugar de origen. Les engañan, y les seducen. Porque a los hombres les encanta dejarse seducir."

La Sra. Lam lamentaba que su marido viera en su nueva mujer la posibilidad de escapar de la vida que tenían juntos. Solo conocían Hong Kong, el barrio de Sham Shui Po y el día a día en la tienda de especias.

"Vivíamos en un mundo demasiado pequeño. Mi hijo no había salido nunca de Sham Shui Po hasta que fue a la Universidad. Su colegio estaba en el barrio, sus amigos estaban en el barrio e incluso nuestro lugar de trabajo está en el barrio. Quería ver mundo, imagino… aunque ahora está atrapado en su nueva vida en China."

La Sra. Lam se sentía viejísima por dentro y por fuera aunque tuviera solo cincuenta y dos años, un físico ágil y un rostro de lo más terso. Más de una vez me habían dicho que el secreto estaba en lavarse la cara solo con agua fría. Lo he seguido a rajatabla desde que me confesaron dónde residía el elixir de la eterna piel joven. No me gustaría tentar la suerte…

Aunque la Sra. Lam era fuerte, lo que realmente le pesaba era lo que sentía por dentro. De eso no se había podido deshacer ni con el paso del tiempo.

"Ese hombre me cambió para siempre. Para lo bueno y para lo malo."

Durante mucho tiempo, la Sra. Lam sintió el peso de la vida que había compartido con su marido como una sentencia. Ella también quería ver mundo, tomar el camino fácil y huir, dejarlo todo atrás.

Pero ella no era como su marido. Con el tiempo se repuso, volvió a disfrutar de su trabajo y recuperó el cariño que tanto sentía por su antigua tienda, su negocio y la fiel clientela que hacía años que le compraba los mejores condimentos. La Sra. Lam por fin consiguió encontrar la manera de escapar cuando, por primera vez en su vida, echó mano de los ahorros que tenía para darse un capricho. Compró un viaje organizado de diez días para ella y su hermana. Ambas partieron para Europa.

En el cajón del mostrador de madera antigua y gastada por el paso del tiempo guardaba un pequeño álbum de fotos en las que la Sra. Lam aparecía posando con picardía frente a todos y cada uno de los monumentos que había visitado con su hermana. El viaje fue tan intenso que la Sra. Lam no podía recordar dónde había estado. Si es que en algún momento durante el viaje realmente llegó a saber exactamente por dónde andaba. Ella esperaba que yo pudiera resolverle las dudas y finalmente un día se decidió a hacerme un pequeño examen y preguntarme a qué ciudad pertenecían todos esos monumentos junto a los que ella se había fotografiado. ¿Qué es este sitio? Me preguntaba foto a foto.

Yo suspendí desastrosamente. La Sra. Lam no podía entender que hubiera lugares en Europa que yo no conociera, aunque yo intentara explicarle que mientras crecí en Barcelona solo tuve oportunidad de viajar a un par de ciudades europeas, y que conocía mucho mejor Asia que Europa.

Cuando la Sra. Lam me confesó su dolorosa ruptura, yo tampoco estaba en mi mejor momento. John se había ido de Hong Kong hacía solo unas semanas. Yo estaba de mal humor y ya no me apetecía entretenerme a hablar con la gente del barrio. No quería saber nada de ninguno de mis vecinos. Evitaba al máximo cualquier intercambio. Imagino que quería mantener Sham Shui Po libre del desencanto con John. Guardar el barrio en la memoria tal y como estaba archivado, con John compartiendo su vida a mi lado en nuestro apartamento de Nam Fung Mansion. Ese día yo no tenía ganas de hablar con la Sra. Lam, pero cuando empezó a contarme su historia no me pude ir. Me sentí identificada. Su marido se fue en búsqueda de algo que encontró en otra mujer; del mismo modo que John esperaba que Pekín le devolviera lo que Hong Kong le había quitado.

Pero ¿qué es lo que yo estaba buscando? Me preguntaba curiosamente. ¿Sería el fluir de la vida una mala estrategia? Mi instinto me decía que no, pero ya no sabía confiar en él. Me sentía sola y perdida.

Las andanzas europeas de la Sra. Lam fueron quizá el toque de atención que necesitaba para hacer el esfuerzo de retomar las riendas de mi vida y seguir adelante con lo que estuviera por llegar.

Sin embargo, todavía no estaba preparada para desvelar el secreto de la ruptura con John. Especialmente con el Sr. Yu –el portero de la noche- porque sabía que a él también le dolería conocer que me había quedado sola de esa manera. Tal confesión también me obligaría a vivir en la verdad a diario, sin que el Sr. Yu –el portero de la noche- me informara sobre John. Si él ya había vuelto a casa, o si había salido para algo.

El Sr. Yu –el portero de la noche- era perspicaz, y tenía el olfato propio de un padre que ha bregado con hijos adolescentes, pero curiosamente no fue capaz de advertir el día en que John salió por la puerta cargado con sus cosas para siempre.

"¿Cuántos días lleva de viaje tu chico? ¿Hace mucho que no le veo?" Me preguntaba insistentemente.

Me inventé la historia de que estaba en un largo viaje de trabajo en Europa. Mentirle tenía un sabor amargo.

"Claro… Europa está lejísimos. Tiene que quedarse muchos días ahí. No es lo mismo cuando viaja por Asia, que todo está muy cerca y puede volver a los pocos días."

Yo asentía resignada cuando hacía estos razonamientos porque no tenía muchos más argumentos para compartir con él. Al menos no en ese momento.

Tampoco estaba preparada para hablar de nuestra ruptura con la vecina del piso 10A. Esperaba que ella se percatara y hacer las cosas más fáciles. Theresa tenía algún poder para leer la mente o algo parecido, porque siempre hacía comentarios tan sarcásticos y divertidos que cobraban demasiadas semejanzas con mi vida privada.

"¡Mira qué guapa que vas con esta falda! ¿De dónde vienes? ¿De reunirte con la emperatriz China?"

Lo que dijo me paralizó por unos segundos. Estaba Theresa lanzando ese comentario casualmente sobre China porque se había enterado de que John había regresado a ese país. De ser así, ¿cómo podía saberlo? ¡Era imposible! Se trataba simplemente de su habitual y oportuno sentido del humor.

Theresa también se preocupaba por mí a su manera. Tampoco parecía muy convencida de que John fuera el tipo de pareja que yo necesitaba.

"Una chica de tu edad no debería pasar tanto tiempo a solas. Tienes que tener compañía, disfrutar de la vida. O estás soltera, tienes pareja. Los hombres no lo entienden. No pueden esperar que estés a su lado incondicionalmente mientras ellos se dedican a ir por libre."

Le encantaba hablar y filosofar sobre la vida conmigo. Su tema favorito era la maternidad. Theresa, originaria de Malaysia, siempre me recordaba que era mejor que no tuviéramos hijos. Ella y su marido americano tenían un hijo que ahora estaba cursando sus estudios universitarios en Canadá. Por descontado que echaba de menos a su hijo y que estaba contenta de costearle sus estudios, pero echando mano de su habitual sarcasmo me alertaba de que el mundo había cambiado. Que ya no era lo mismo que antes y que era mejor no traer más niños al mundo.

Las relaciones sentimentales tampoco no eran lo mismo que antes. Las parejas se necesitaban menos el uno al otro. En este mundo, según ella, era más fácil ser independiente. Los hijos eran un compromiso demasiado grande en ese contexto. En un arrebato de total franqueza, un día se confesó. Fue durante el lento trayecto de diez pisos del ascensor. Theresa llevaba a su perrita Rita en brazos, como siempre que subían juntas al ascensor, porque Rita era mayor y se ponía nerviosa dentro de ese aparato.

"Yo he tenido que escuchar de todo por tener un marido occidental. Al ver mi piel oscura y rasgos asiáticos, la mayoría de las mujeres asumían que yo era una más de los miles de criadas y niñeras asiáticas que residen en Hong Kong. Veían que llevaba a mi hijo en brazos, y asumían que era el hijo de mi amo. Nunca el mío. Al conocer mi situación, algunas criadas me pedían consejo preguntándome cómo me lo había hecho para cazar a un occidental y dar el salto a la vida confortable que ellas tanto ansiaban."

Su marido era un canadiense expatriado que había pasado toda la vida trabajando en la banca en Asia. Mientras que Theresa había sido profesora de instituto hasta que dio a luz y decidió dejar de trabajar para dedicarse a cuidar de su hijo a jornada completa.

No fue una elección, si no la vida y lo que su entorno esperaba que ella hiciera lo que la empujó de forma espontánea pero involuntaria a ese cometido.

Otro día, justo después de llegar al décimo piso en uno de esos largos pero provechosos viajes de ascensor, se sinceró:

"Como mujer, mucho mejor que hagas tu carrera y disfrutes de tu matrimonio de otra manera. No te compliques la vida teniendo hijos. Vas a tener que hacer demasiados sacrificios."

Theresa tenía una fuerte faceta feminista, pero también tenía muy claro que económicamente, si el marido ganaba más que la mujer, difícilmente ésta podía esperar imponer cierto estilo de vida. Theresa quería abrirme los ojos. Hacerme entender que había muchas formas válidas para vivir, caminos para seguir, y que el amor también requería mantener la cabeza fría para no dejar que mi esencia como persona se diluyera a cambio de construir una relación en común con otro individuo.

第四章

Incluso el Gato está en Venta

Joanne es obstinada. Nos conocimos por casualidad en el mercado de telas Pang Jai (棚仔)[28]. Ella estaba intentando tirar de un rollo de tela atascado en la parte baja de un polvoriento montón.

Pang Jai es un bazar de vendedores de género ambulantes que ha sobrevivido el paso del tiempo. Con más de cuarenta años de antigüedad, está configurado en forma de una laberíntica comunidad de pequeños puntos de venta. Sin techo o estructura arquitectónica de ningún tipo que las recoja, los espacios se subdividen con las estanterías de los apilados rollos de telas, formando imprevisibles pasillos.

Diferentes lonas, gruesos plásticos de color verde y placas de uralita unidas entre sí funcionan de improvisado techo que resiste el paso del tiempo, contra todo pronóstico. Cuelgan del techo cables eléctricos que alimentan focos de luz y ventiladores. Me sorprendía que nunca hubiese habido un cortocircuito. De algunos puntos estratégicos cuelgan cubos que recogen el agua de las inevitables goteras provocadas por los días lluviosos. Sin aire acondicionado o ventilación adecuada, durante los húmedos meses de verano, se convierte en una sauna regentada por ávidos mosquitos.

Las telas huelen a humedad. A veces están arrugadas y polvorientas, pero merece la pena. Esas pilas esconden verdaderos tesoros, incluyendo restos de stock antiguos que sería imposible encontrar en otros lugares. Por eso Joanne no estaba dispuesta a dejar que ese seductor tejido se le escapara, solo porque le faltaba la fuerza necesaria para pegar el tirón definitivo. Yo me acerqué y me ofrecí a ayudarla. Pero no había manera. La dependienta de la tienda nos miraba y sonreía escéptica, desde lejos. Ella conocía a la perfección su desorganizado puestecito y parecía que se estaba divirtiendo demasiado como para poner fin a esa encarecida lucha. ¡Al final se decidió a echarnos una mano!

Yo me puse a contar en voz alta en cantonés para coordinar los esfuerzos, porque cada una tirábamos en diferentes momentos y aquello no avanzaba:

"Yap, yi, sam (一, 二, 三) (un, dos, tres)"

Y pegábamos el tirón.

La situación acabó causando expectación. Los vendedores de otras tiendas se acercaron riéndose. También se paró la guardiana del mercado, quien con su uniforme de pantalones negros y camisa blanca de manga corta, se tomó una indisciplinada pausa en su habitual recorrido supervisando el mercado.

La guardiana, en diferentes momentos del día, salía de su caseta, escondida en un rincón del mercado, para pasar revista y asegurarse de que todo estaba en orden. Llevaba consigo un dispositivo de plástico de color gris que parecía un pequeño espejo de mano. Al final de cada pasillo, lo acercaba a un lector magnético colgado en la pared. A veces quedaba cubierto por los desorganizados rollos y tenía que apartarlos. Lo hacía a regañadientes. Y seguía su camino. Una vez había hecho todo el recorrido, que solía llevarle unos diez minutos, regresaba a su caseta. Dejaba siempre la puerta abierta, así podía controlar lo que sucedía fuera con una simple mirada. Se sentaba en una vieja silla de madera y escuchaba la radio.

Al cabo de unos cuantos intentos, ¡lo conseguimos! Acabamos las tres riéndonos de la situación a carcajadas. Nuestros observadores se lo pasaron bien, también. Algunos vinieron y, en cantonés, dijeron algo que no supe entender mientras me daban algún cariñoso golpecito en el hombro y todos nos reíamos.

Rápidamente la vendedora sacó unas afiladas tijeras de sastre totalmente oxidadas pero que funcionaban a la perfección. Con un metro de madera de una yarda (noventa centímetros), tomó las medidas y buscó el punto de corte en la parte superior del rollo.

"Liang ma bun (兩碼半) (dos yardas y media)."

Anunció en voz alta mientras haciendo gala de una coordinación increíble sacudió el pie y soltó su flip flop del pie izquierdo. Apenas me dio tiempo a preguntarme el porqué de ese gesto, cuando vi que con frescura separó los dedos gordo e índice del pie para aguantar el otro lado de la tela que rozaba el suelo. Con la tensión perfecta para conseguir un corte recto, clavó las tijeras en la parte superior y 'RAAAASSS', de una tirada cortó la pieza. Después de doblarla con una precisión casi militar, repitió el mismo ejercicio y cortó dos yardas y media también para mí. Ya que Joanne y yo habíamos luchado por esa tela, decidí llevarme un pedazo yo también. Pensé que ya decidiría en el futuro qué diseñar con ella. Sham Shui Po es un barrio de mayoristas, y no todas las tiendas de telas se prestan a cortar solo unos cuantos metros.

Entre risas, Joanne y yo nos fuimos del mercado y acabamos sentándonos en un cafetería cercana para reponer fuerzas.

Mientras sorbía su apetecible café con leche y un poco de cacao espolvoreado, Joanne me contó que solía comprar telas en Pang Jai con su madre cuando era pequeña. En esa época, Sham Shui Po era el centro de manufactura textil de Hong Kong.

Muchos de los vendedores en Pang Jai han trabajado en el mercado durante toda su vida. Algunos, con más de ochentas años de edad, esperan para jubilarse el momento en que el gobierno cumpla con la amenaza de demoler el mercado para construir un complejo de viviendas de protección oficial. Otros, un poco más jóvenes, pujan con furor para que el gobierno se preste a conservar Pang Jai como un icono de la cultura textil de Sham Shui Po y lo traslade a un nuevo edificio en mejores condiciones.

El gobierno les agrupó en este espacio en los años cincuenta para poner un poco de orden a la desorganizada red de tiendecitas ambulantes que poblaban el barrio. En aquellos años, sus clientes eran amas de casa o asistentas que compraban telas a metros para hacerse ropa a medida. En la actualidad su clientela la forman, principalmente, estudiantes del mundo de la moda y diseñadores independientes de Hong Kong que buscan pequeñas cantidades de materiales para exclusivos diseños.

Debido a la amenaza de la demolición, el mercado ha empezado a convertirse en una pequeña atracción turística, que pone en peligro la harmoniosa relación que los vendedores tienen con sus clientes.

Durante una de las visitas que hice al mercado para abastecerme de los últimos tesoros que me quedaban por descubrir antes de irme de Hong Kong, me encontré con un grupo de mujeres españolas, de unos cincuenta años de edad. Me crucé con ellas cuando estaban comprando unas cuantas yardas de seda blanca para que las tres pudieran coserse la misma camisa. No hablaban más que cuatro o cinco palabras de inglés pero culpaban a sus interlocutores por no ser capaces de comunicarse en español con ellas. Una de las mujeres parecía la líder del grupo y preguntó desafiante:

"¡This one! One meter… ¿How much?"

Tardaron un poco en darse cuenta de que las telas se vendían por yardas y no por metros.

"¡Ah!, ¡espera que los precios van por millas!"Le alertaba la amiga a la líder del grupo. Refiriéndose a las yardas, equivocadamente…

Después de cerrar el trato, la vendedora soltó las yardas de tela al suelo para cortarla.

"Pero ¿qué está haciendo? ¡Que la va a manchar, hombre!" Se indignaban con resignación.

Al poco se dirigieron a la siguiente tienda… y las escuché desde lejos:

"¡Excuse me! ¡Excuse me! ¡This! ¡How much!"

Al propietario de la tienda, Sun Song, no le gusta perder el tiempo y decidió ignorarlas mientras comentaban:

"Pregúntale cuánto cuesta pero no menciones la palabra seda a ver qué te dice… Aunque seguro que te dice que es seda…y te cobra más."

Lo decían como si a Sun Song tuviera algún interés en tomarles el pelo. No lo necesitaba. Él es un hombre honesto. Además, su tienda esconde auténticos tesoros. Es uno de los vendedores más conocidos del mercado.

A sus más de ochenta años de edad, sus telas han servido para pagar los estudios universitarios de sus tres hijos. La gente le conoce como Sun Song (tío Sun[29]), a partir del nombre de su tiendecita: Sun Sun Bu Yip (新新布業).

Sun Song llevaba cuarenta años en el mercado. Si el mercado acaba cerrando, estaba decidido a finalmente jubilarse. Mientras el mercado aguantase, él seguiría trabajando en la tienda a diario. Sólo se tomaba vacaciones una vez al año, desde hacía veinte años, para unirse a una caminata popular hasta la ciudad de Guang Zhou (广州), capital de la sureña provincia de Cantón (Guang Dong 广东省), en China Continental. Me lo contó un día que pasé por su tienda a la hora del almuerzo. Me dijo que me sentara con él y que cuando acabara de comer me atendería.

Sun Song es una persona a quién no le gusta interrumpir sus rituales y costumbres.

"¡Yo como cada día a la una en punto! Recuérdalo para la próxima vez, así no tienes que esperarme."

Yo asentí. En el fondo estaba agradecida por tener que aguardar a Sun Song. Le observaba y vi que desaparecía en un rincón del puestecito. Me asomé y descubrí un pequeño cuartucho escondido entre los rollos de telas polvorientos. De allí sacó un camping gas y una olla de metal de esas antiguas, que pesan poco. La olla estaba abollada por el paso del tiempo, al igual que los cacharros de mi abuela materna, quien siempre se negó a renovarlos por otros nuevos de mejor calidad. Mientras cocinaba al vapor algo de arroz con trocitos de verdura me enseñaba un pequeño libro conmemorativo de las caminatas a Guang Zhou que guardaba con cariño en el cajón de su mesilla.

"¡Salgo en muchas fotos!" Me dijo muy orgulloso.

A continuación, se desabrochó la sudadera roja que solía llevar como uniforme y me enseñó la camiseta conmemorativa que vestía.

Sun Song tiene una actitud muy joven. Y quizá por eso su tienda es una de las más populares entre la gente joven aficionada a la costura que se pasa por el mercado. Me contaba que uno de sus mejores clientes era Anabel. Una estudiante de informática de 20 años apasionada del Cosplay[30]. Se había hecho más de 100 disfraces en total. Y más de las mitad los había hecho con telas de Sun Song.

"A mí me gusta aconsejarle. Tiene ideas extravagantes. A veces viene con una peluca azul o de color rosa. Muy estrafolario…" Añadió con un suspiro,

"Pero a mí me da igual. Lo que me gusta es ver cómo juega con las telas y crea disfraces de la nada."

Una de las mejores compras que le hice a Sun Song fueron unas telas antiguas de más de 30 años hechas a base de una extraña mezcla de seda natural con fibras de plantas. En esa época, los estampados se dibujaban al vapor. Para fijarlos, se ponía la tela con el tinte bajo el sol con arena. En función de la cantidad de luz que recibían, el color es diferente. Después de pasar 3 días bajo el sol, se limpiaba la tela, se dejaba secar y ya estaba lista para usar.

Las encontré por azar un día que llegué a la tienda justo cuando él abría, a las diez en punto, como cada día. Ya había sacado los cobertores de plástico verde que protegía el género durante la noche. Para Sun Song, todo tenía un orden y un proceso… Cada día cambiaba algunos rollos de sitio, arriba y abajo, para asegurarse que todo el género tenía la oportunidad de ser expuesto. Para llegar a lo más alto, necesitaba hacer uso de una escalera de madera antigua.

Ese día, al pasar por su tienda, avisté una de esas antiguas telas que Sun Song había depositado en la mesita para organizar su vertiginoso trajín de telas. Inmediatamente me enamoré y compré unas cuantas yardas.

Sun Song sacó el teléfono móvil de su bolsillo y me enseñó, orgulloso, una foto de su hija vistiendo una bonita camisa con esa tela que ella misma se había hecho. Yo tengo que decir que nunca llegué a usarlas. Intenté lavarlas unas cuantas veces para deshacerme de la arenilla que todavía sueltan, siguiendo las indicaciones de cuidados que me indicó Sun Song… pero por más que las lavase seguían manchando… por el momento guardo como un bonito recuerdo y testigo de las antiguas técnicas de estampación chinas.

Toda la familia de Joanne estaba vinculada a la industria textil. Y ella también conocía bien a Sun Song.

"Los años ochenta no fueron fáciles. Sun Song casi abandonó el negocio. De hecho, es un milagro que el mercado sobreviviera."

En esa época, los fabricantes empezaron a trasladarse a Shenzhen (深圳)[31], ciudad fronteriza con Hong Kong, en el sur de China continental, para reducir costes y aprovechar las oportunidades que brindaba el plan de apertura económico del Partido Comunista Chino[32].

"Mi familia nunca quiso volver a China, aunque económicamente fuese una oportunidad. Ellos vinieron a Hong Kong escapando del comunismo. Empezaron desde cero, trabajando en fábricas, hasta que consiguieron ser ellos los dueños de uno de los talleres."

Su madre, su tía y su tío emigraron a Hong Kong desde China continental cuando Joanne tenía tres años y su hermano diez años. Fue a principios de los años sesenta. Huyeron de las consecuencias creadas por la desastrosa política de reforma de Mao Zedong (毛泽东), el Gran Salto Adelante[33]. No fueron los únicos. Desde el fin de la ocupación Japonesa en el año 1945, durante la Segunda guerra Mundial, Hong Kong vio un aumento de la población de 1.760.000 en tan solo cinco años. La mayoría llegaron de China Continental con perfiles profesionales de todo tipo que escapaban desesperadamente del comunismo.

La familia de Joanne huyó de China porque su familia fue puesta en una lista negra cuando los comunistas descubrieron que su padre estaba involucrado en un grupo de lectura clandestino. Fue arrestado. Pasó dos años en un Laogai (劳改)[34], los campos de trabajos forzados chinos, y falleció solo unos meses después de ser puesto en libertad. Los padres de Joanne eran de esos chinos con un instinto innato por aprender y buscar oportunidades de negocio. Fue en ese Hong Kong en transformación y en pleno milagro económico donde encontraron el entorno perfecto para dedicarse a los negocios. Tenían muy claro que querían asentarse en el territorio, esforzarse al máximo para comenzar una nueva vida y perseguir una mejor fortuna.

Joanne no recuerda mucho de la vida en China continental. Su familia hizo borrón y cuenta nueva. Quisieron dejar atrás el dolor de la represión y la injusta muerte de su padre. Joanne pensaba que su familia tuvo suerte:

"Llegamos en el momento perfecto. Yo fui de las primeras generaciones con acceso gratuito a educación primaria y secundaria como parte de las nuevas políticas educativas de Hong Kong para reconstruir la colonia después de la Segunda Guerra Mundial y rentabilizar la oleada de mano de obra que llegó de China, en su pleno apogeo industrial. Mi hermano, al ser un poco más mayor, apenas recibió educación."

Cuando llegó el momento para Joanne de ir a la universidad, su familia estaba en una posición económica muy superior. Ya no tenían que hacer dobles jornadas en las fábricas. Tenían su propio taller en el barrio y decidieron enviarla a estudiar al Reino Unido. El territorio todavía se estaba recuperando de la destrucción cultural y educativa que perpetraron los japoneses durante la Segunda Guerra Mundial. Lo hacía a contratiempo pues la clase media china no hacía más que florecer.

Joanne llevaba el pelo relativamente corto, con un estilo un poco sesentero. El despeinado flequillo le cubría la parte derecha de la cara y se apoyaba suavemente en la montura de sus gafas de pasta lila oscuro. Durante las dos horas que estuvimos charlando, varias veces movió la cabeza hacia la derecha para apartar ese caprichoso mechón. Solía continuar con una profunda mirada por encima de las gafas, levantando las cejas, arrugando la frente y acercando la barbilla al pecho. Era su manera de preparar la conversación para un comentario sensato pero directo:

"Hong Kong está agonizando… demasiada codicia…"

Joanne se refería al vicioso doble sistema que había florecido en Hong Kong durante los años del colonialismo y que, durante las dos últimas décadas había desencadenado en la avaricia promovida por grandes inversiones de capital provenientes principalmente de la riqueza de los vecinos chinos y otros países asiáticos, así como el lujo y el turismo. En fines de semana, viajaban a Hong Kong solo para comprar en los centros comerciales y gozar de un mercado libre de tasas.

"Los jóvenes no han sido la prioridad del gobierno durante mucho tiempo… les han ignorado pensando que el futuro se forjaba solo con dinero. Aquí hay mucho talento que corre el riesgo de desperdiciarse si las nuevas generaciones no encuentran oportunidades y empiezan a emigrar a occidente."

Tomó una pequeña pausa para servirse un vaso de agua y añadió:

"¿Ves este café? Sus propietarios son amigos míos, somos vecinos. Mi taller de costura está solo a unos cuantos metros más abajo de la calle Tai Nan. Vengo tanto como puedo. Quiero apoyar su negocio.

Han sido valientes en querer arriesgarse a ser emprendedores en este Hong Kong donde parece que lo único que se valora hoy en día son las finanzas y la seguridad de un trabajo corporativo."

La mayoría de los negocios regentados por gente joven en Sham Shui Po se han adherido a la alianza de la economía amarilla, que reúne a los comercios locales que apoyan el movimiento pro democrático de Hong Kong[35]. Joanne creía que la parte más importante de ese movimiento era también la de reconectar con los valores chinos colectivos alejados del materialismo individualista occidental.

"Mi sueño para Sham Shui Po es que se convierta en un centro de negocios locales independientes, que demuestre a las nuevas generaciones que es posible crear un futuro diferente para Hong Kong: democrático, más inclusivo y menos dependiente de la inversión China. Un lugar en el que podamos ser finalmente libres. Sin influencia de otros poderes políticos." Joanne afirmaba convencida con su habitual sonrisa pícara.

Sabía que su afiliación a la alianza amarilla albergaba un sentimiento de desafío al actual status quo, un espíritu activista[36]. Una causa a la que quería contribuir con su negocio.

Curiosamente, Joanne tenía una historia muy parecida a la de una de las mujeres más ricas e influyentes de China, Zhao Yi[37]. Nacida en Shanghai, se mudó a Hong Kong con su madre durante la dictadura de Mao. Consiguió ahorrar para viajar a estudiar al Reino Unido trabajando día y noche en las fábricas de Hong Kong, a principios de los 80.

Yi se empapó de la cultura, ls principios económicos y los modelos de negocio occidentales. Yi y Joanne estudiaban con el mismo empuje y entusiasmo, pero tenían prioridades diferentes. Yi quería reproducir los imperios corporativos de occidente en esa China se abría económicamente al mundo, de la mano de Deng Xiaoping (邓小平)[38]. Cuando regresó a Shanghai fundó una empresa que alberga una de las grandes fortunas Chinas.

Joanne quería crecer en un entorno más modesto: acabar los estudios para volver a la vida que había dejado atrás. Soñaba con montar un negocio vinculado al pasado textil de su familia y reconectar con sus orígenes. En esa época ya estaba comprometida con la causa de un futuro Hong Kong que se erigiera como una ciudad competitiva internacionalmente, alejada de la sombra de China Continental. Si algo había aprendido de las universidades británicas era que la innovación y la creatividad podían ser más poderosas que el capital. Sabía que en Hong Kong había talento, pero faltaban plataformas para que jóvenes como ella pudieran expresarse y participar de la economía local, contribuyendo al futuro de Hong Kong de una manera sostenible y competitiva a largo plazo.

"Es todavía un poco pronto para mí pues todavía no tengo los beneficios suficientes, pero en cuanto pueda, quiero contratar a jóvenes y contribuir al futuro de Hong Kong y ofrecerles una plataforma para expresarse."

El barrio iba por buen camino. Durante los primeros años que yo había estado viviendo en Sham Shui Po había presenciado la apertura de unos cuantos cafés más. Unas calles más arriba de Nam Fung Mansion, una tatuadora había abierto su estudio. También habían aparecido algunas tienda de ropa y accesorios "made in Hong Kong", una galería de arte y un hostal para hipsters con un bar moderno y sala de música en directo… Es cierto que todos venían buscando precios de alquiler más bajos… pero a su vez, su prioridad era crear una comunidad que participase de la economía local y que pudiera proteger el estilo de vida del barrio. En Sham Shui Po todavía quedan muchísimos edificios antiguos, de pocas plantas, y para las ávidas empresas constructoras es el lugar perfecto para derrocar y construir altos edificios de viviendas con minúsculos pisos para satisfacer la despiadada industria inmobiliaria de Hong Kong. Algo así aniquilaría la relajada atmósfera de las calles de Sham Shui Po. Además, abriría la puerta a otro proyecto de gentrificación tan habituales en otras zonas de Hong Kong.

Los jóvenes emprendedores de Hong Kong soñaban con un cambio de valores forjados en un sistema participativo y democrático donde todas las identidades, razas, culturas y nacionalidades de Hong Kong tuvieran voz e igualdad de oportunidades.

Joanne provenía de China continental, se sentía china y hongkonesa a la vez. No tenía nada en contra de la presencia de chinos en el territorio. Habían llegado en oleadas diferentes, pero sobre todo a partir del siglo X, durante la Dinastía Song. En ese momento, la zona del Río de la Perla, en el Sur de China, iba tomando protagonismo y los chinos iban ocupando diferentes lugares en la sociedad.

Lo que le preocupaba a Joanne eran las poderosas familias de oligarcas chinos. Muchos de sus ancestros se trasladaron a Hong Kong en el siglo XIX, durante la primera gran ola de inmigración, poco después de que los británicos se hicieran con la isla y establecieran su colonia. Algunos consiguieron situarse como compradores para empresas extranjeras que se beneficiaban del magnífico puerto comercial en el que Hong Kong se había convertido. Con el tiempo se erigieron en la pequeña élite de oligarcas chinos que estaba surgiendo en Hong Kong. En la colonia no había lugar para ellos. Los británicos no dejaban entrar en el sistema a los chinos con mayor nivel educativo, a su vez, los chinos tampoco se sentían representados por las normas y el saber hacer extranjero que imponían los británicos.

Así nació el legendario Cheung Hong Hospital[39] o la casa verde, como nosotros la apodábamos, la primera sociedad dedicada a la protección y el fomento de los derechos e intereses de la nueva clase rica china. Con el tiempo, la casa verde se convirtió en un centro espiritual para todos los chinos. Cualquier chino que muriera en Hong Kong podría depositar sus tabletas ancestrales en el templo a la espera de que algún día, si llegaba, su familia en China continental visitara Hong Kong y devolviera las tabletas a sus panteones familiares. El Cheung Hong Hospital no dejó de crecer hasta establecerse como una institución, controlada por los chinos más ricos de Hong Kong, que protegía los intereses y proporcionaba actividades médicas y educativas.

"¿Por qué Hong Kong? ¿Qué tiene este sitio que te atrae tanto?" Me preguntó Joanne con su sonrisa pícara y, apoyándose en la mesa de nuestro café, inclinó la cabeza hacia delante.

Fijó su mirada en la mía y cuando eso ocurría yo sabía que no había escapatoria. Tenía que darle una respuesta sincera…

"Quieres quedarte en Hong Kong porque te parece más interesante que occidente." Me soltó cuando yo todavía estaba buscando una manera de articular una respuesta…

"Eres demasiado fácil de leer…si quieres quedarte más años en Hong Kong tienes que aprender a esconder tus emociones. Los chinos no enseñamos nuestras emociones…" Me alertó.

"Pero Joanne, ¡yo confío en ti, claro que te muestro mis emociones!"

A lo que ella contestó:

"¡Oh! gracias, gracias por confiar en mí…" Dio la conversación por terminada, al menos por el momento.

Lo que a Joanne le preocupaba era que mi honestidad me causara problemas por ser demasiado sensible.

Yo entendía Hong Kong a mi manera. Leía mi entorno con una mentalidad occidental pero con la sensibilidad y la amplitud de miras que me habían regalado los años que había vivido en China continental. Mis valores se habían difuminado y estaban a medio camino entre lo que se me había inculcado deliberadamente durante toda mi vida en Barcelona y las nuevas maneras de ver el mundo y de las que yo había sido testigo en Asia. Era confuso y complejo, pero a su vez este cambio fue la base de mi renacer como mujer adulta e independiente que se estaba desarrollando lejos del omnipresente y omnipotente occidente.

Las barreras idiomáticas que me encontré en Pekín fueron un hermoso regalo. Me mantuvieron alejada de convenciones. Me enfrentaba a los chinos en su más pura esencia. Con una mirada vírgen y un sistema de comunicación totalmente instintivo. Todos y cada uno de ellos eran individuos que podían fácilmente, en cualquier momento, robarme el corazón. Nos conocíamos a base de miradas, sonrisas, gestos y el tono de voz de las pocas palabras que podríamos intercambiar en nuestras respectivas lenguas en esos momentos de frustración en los que queríamos entendernos. Lo único que nos quedaba era soltar el discurso cada uno con su lengua y que fuera lo que Dios quiera.

Joanne trajo muy pocas costumbre británicas. Durante los seis años que vivió en Londres estudiando su licenciatura en gestión de negocios y su máster en relaciones internacionales apenas se involucró en la vida londinense. Pasaba la mayor parte de su tiempo libre enganchada a los libros, en la biblioteca o en el mini piso que compartía con seis estudiantes más. Se consideraba fuerte porque seguía a rajatabla sus instintos chinos más potentes. Creía en la fuerza de la disciplina, y el poder de la mente. Se sentía cómoda siendo discreta en público, protegía su intimidad al máximo y guardaba un alto sentimiento del honor personal. La confianza, para ella, era la base de cualquier relación humana. No la regalaba así como así, pero si el vínculo se creaba mutuamente, ella establecía una relación de lealtad casi absoluta con la otra persona. Sólo entonces manifestaba su yo interior con total grandeza.

Yo estaba convencida de que en occidente seguramente la habrían calificado de introvertida. Adoran etiquetar a la gente en base a su comportamiento. El resultado es que la gente se acaba comportando según esas etiquetas creando sociedades de lo más miméticas. Al menos así me lo parecía a mí. Cuanto más tiempo pasaba en Asia, menos encajaba yo en occidente. Perdía la pista a los nuevos referentes que mis amigos seguían todo el rato para hablar de las gracias y desgracias de la vida. Desconocía algunas de las nuevas canciones que se bailaban en las discotecas.

Empezó como algo anecdótico. Cuando visitaba Barcelona, mis amigos se reían en conversaciones en las que yo era la única que no tenía ni idea de qué estaban hablando. Con el tiempo se convirtió en un vacío de más de diez años.

Yo misma caía en esa trampa de los referentes culturales cuando explicaba algunas de las situaciones chocantes a las que el mundo de las citas me sometía, y usaba referencias de películas como ejemplo.

Me había quedado un poco atrasada, pues me había perdido muchas de las nuevas cintas que habían salido al mercado en los últimos años. Pero estos clásicos ejemplos funcionaban perfectamente:

Películas como 'Crazy Stupid Love' y el engreído chico guapo caracterizado por Ryan Gosling. 'He is not that Into You' y esos decepcionantes novios que nunca vuelven a llamarte. 'Friends' y las fallidas noches de sexo casual que nunca cumplían las expectativas...

Cada vez que yo hacía referencia a alguna de estas divertidas pero reales situaciones Joanne no pillaba ninguna. Fruncía la frente, inclinaba la cabeza hacia delante, prestando atención y me recordaba que ella no tenía ni idea de qué estaba hablando.

"Darling, yo he vivido en Londres pero soy muy china, no me interesan estas cosas. Para mí no hay nada como las sitcom coreanas…"

La escena de 'Sexo en Nueva York' en la que la protagonista Carrie Bradshow encontraba una nota de su novio escritor, Jack Berger, en la que él rompía la relación con un post-it que llevaba el mensaje "Lo siento, no me odies, no puedo" surgió frecuentemente en nuestras conversaciones.

Obviamente, Joanne no había visto nunca ni un solo capítulo de esa serie y ni tan solo le sonaba el título, pero rápidamente entendía el paralelismo y la forma en que yo intentaba explicarle que la marcha inesperada y parca en palabras de John coincidía con esa manera de deshonrar el pasado que habíamos compartido como pareja.

"John fue irrespetuoso y su comportamiento me confunde. ¿Quiere esto decir que no podemos confiar en el sexo opuesto porque el amor significa algo diferente para los hombres que para las mujeres?"

Joanne ese día había aportado una de las palabras claves… el amor. Para mí un concepto que empezaba a resultar un producto más mediático que real. ¿Teníamos que amar al otro? ¿O teníamos que amarnos a nosotros mismos para que una relación funcionara?

A Joanne le gustó saber que 'Sexo en Nueva York' reproducía la vida de trenitañeras buscando el amor en una gran ciudad como Nueva York. Le parecía especialmente relevante porque en su cultura, la treintena representaba un hito todavía mayor, me contaba.

"En China, esperar a los treinta a tener hijos es un reto todavía mayor que en occidente. Entiendo que es una cuestión cultural, pero creo que esto puede ser un problema, pues las parejas se embarcan en este compromiso, antes de tener la oportunidad de crecer como personas. La treintena es un momento crucial para eso. Me pregunto si pueden ser realmente felices si pasan estos años cruciales de su vida dedicándolos al cuidado de un niño, en lugar de centrarse en ellos mismos."

Compartimos muchas horas en ese café hablando sobre los hombres e intentando comprender cuál era el secreto del amor y la felicidad. Quizá porque no teníamos familia todavía, ambas empezábamos a darnos cuenta de que éramos muy conscientes de nuestra identidad y de las expectativas que teníamos en la vida. Cada vez que abordábamos el tema, solíamos llegar a una conclusión parecida. Y era que la vida nos había brindado la oportunidad de construir nuestras vidas al margen de la obligación de tener familia que la sociedad imponía con un apretado calendario. Al ser yo un poco más joven, Joanne creía que la ruptura con John había sido algo muy bueno para mí. Confiaba en mi fortaleza para dar forma a mi destino. Me animaba a disfrutar de la vida y me recordaba que no tenía que tener prisa en encontrar otra pareja y en comprometerme.

"La vida te ha dado un bonito espacio para crecer. No lo desaproveches."

Cuando yo le contaba mis aventuras románticas, Joanne se reía. Nunca había vivido nada parecido ni sabía realmente cómo se materializaba eso de salir con un chico casualmente. La verdad es que yo tampoco. En rupturas anteriores nunca había hecho eso del 'rebound guy'[40]. Sin embargo, había escuchado mucho hablar de esta técnica que parecía consistir en encontrar a una víctima que te ayudase a expulsar a tu ex de tu sistema.

Rob tuvo el don de cruzarse en mi camino justo unos cuatro meses después de que mi ex escapara de mi vida. John ya no tenía nombre y había empezado a llamarse mi ex para todo.

Ese día había conseguido salir de casa y arrastrarme a ver una obra de teatro. Habíamos comprado las entradas con mi ex muchos meses atrás. Sacando fuerzas de donde no las había, decidí ir igualmente, en lugar de quedarme en casa llorando. No quería dejar que la ruptura alterara mis planes.

Tenía esa bonita costumbre de andar desde Sham Shui Po hasta Tsim Sha Tsui (尖沙咀), donde se encuentra el Hong Kong Cultural

Centre, el principal teatro de Hong Kong, situado frente a la bahía de Victoria. Tenía mi recorrido favorito, escogiendo siempre los tramos de calles con más movimiento e interés para mí. Quizá cambiaba un poco el trayecto para no aburrirme, pero siempre me aseguraba de incluir algunos pasos por los múltiples mercados de fruta y verdura callejeros en las estrechas calles colindantes.

Son mercados tan locales que no suelen atraer a los curiosos turistas. Me gustaba perderme entre la muchedumbre, andando despacio, intentando abrirme paso entre la gente que hacía la compra. Me transportaban a los sonidos y la energía de los mercados mediterráneos que frecuentaba con mi madre cuando era pequeña. Me venía a la mente esa sensación de ser de pequeñas dimensiones, mis ojos siempre a la altura de las cestas de mimbre que colgaban de la mano de todos los clientes del mercado. Antes de que los carros de la compra se convirtieran en algo habitual en Barcelona. Un artilugio que en los diminutos pisos de Hong Kong se convirtió en un estorbo demasiado grande y por eso apenas se avistaba en las calles de la ciudad. En su lugar, pequeñas bolsas de plástico, normalmente de color rojo, llenaban las calles.

Lo que más me gustaba de la costumbre de encontrar atajos en estos mercados, era que en realidad no eran atajos. Hong Kong es una ciudad donde la gente, por norma, no deambula. Los transeúntes conocen el tempo de las calles y nunca pierden el ritmo. No es una ciudad para andar despacio, sino que fluye en medio de ese desorganizado caos, la única excepción son los mercados que tienen un código de circulación propio.

En su caso, el flujo lo marca el paso de la gente mayor, quienes normalmente no tienen ninguna prisa. Algunos se tambaleaban en función de los achaques de la edad. Otros simplemente gozaban de la amplia oferta e iban observando a un lado y a otro, pausadamente, qué víveres estaban más frescos ese día para hacer una adecuada compra de mercado. Era una sensación extraña porque todo esto pasaba de golpe. Por ejemplo ese día venía andando por Shanghai Street (上海街) desde Prince Edward (太子). Había pasado por el frenético barrio Mongkok (旺角) con sus calles rebosando transeúntes, tiendas y luces de neón de colores y había seguido bajando hasta Kansu Street (甘蕭街), donde tomé el habitual giro a la derecha para enlazar el mercado de Reclamation Street (新填地街).

De pronto todo empezó a moverse a cámara lenta, los sonidos eran diferentes y también los olores… los pocos metros que van desde Reclamation Street y bajan hasta Nanking Street (南京街) se convirtieron en una burbuja. El caos de Hong Kong se hacía evidente al mirar a lo alto y ver los coloridos edificios que se erigían hacia el cielo y se teñían por los colores de la ropa tendida y los desordenados aparatos de aire acondicionados goteando incansablemente.

Obviamente, demasiado distracción para un persona que como yo se deja cautivar tan fácilmente por el entorno.

Me encontraba justo a medio camino de Reclamation Street. Una señora se acababa de cruzar en mi camino, porque había visto unas apetecibles frutas del dragón a buen precio y se lanzó hacia el tenderete, repentinamente. Acababa de pasar por mi lado un hombre que al parecer llevaba la misma colonia que mi ex. ¡Fue increíble! Todos mis sentidos se volvieron locos, quería llorar, quería gritar, sonreír y abrazar a alguien que en realidad no estaba ahí. Empecé a olfatear, andando y esquivando a la gente pensando que él iba a estar solo unos metros más adelante… quizá reencontrarnos de manera romántica… no sé ni qué estaba pensando…Andaba distraída, sin mirar, absorta siguiendo su olor atareada. No era fácil porque el aroma se mezclaba a veces con el fuerte hedor del Durian, esa fruta tropical de tamaño enorme que huele a huevo podrido pero que tiene la reputación de ser una de las frutas más deliciosas del mundo. Iba tan confundida y desesperada, esquivando a los compradores, entre esos estrechos callejones formados por las cajas de frutas, verduras, pescado y carne a ambos lados… que me di de bruces con Rob. Solté un rutinario *excuse me*, sin sentimiento.

Rob era bastante más alto que yo y mientras intentaba disculparme, seguía tratando de mirar por encima de sus hombros. Algo le debió parecer interesante ante tal incómoda situación. Me dijo que no me preocupara y empezó a entablar conversación conmigo. Había algo que me tenía un poco confundida. ¿Qué hacía Rob paseando en ese mercado? Claramente vi que era un expat de los que difícilmente abandonan la isla… pero mi cabeza no daba para tanto. Rob era atractivo y yo todavía tenía el corazón a mil ante la embarazosa situación. No consigo recordar cómo fueron las cosas pero al parecer en algún momento solté que yo había vivido en Pekín y eso le pareció cautivador. Me invitó a salir y yo dije que sí.

¡Lo sé! Suena a demasiado bonito para ser verdad. Como salido de una de esas películas que Joanne no entendía, justo en el momento en que mi autoestima estaba por los suelos, Rob apareció como la mejor distracción…

Después de que mi ex hubiese vaciado sus cosas del piso, llena de ira, tomé posesión de su armario y lo ocupé con mis bonitos vestidos de fiesta, ropa delicada y bolsos de mano. Su cajón se convirtió en mi cajón de la ropa interior. Mientras doblaba braguitas y tangas y reorganizaba mis delicados sujetadores empecé a llorar. ¿Con quién voy a lucir estas bonitas prendas? ¿Quién me desnudará ahora?- Mi ex adoraba mi lencería- Quién me tocará y acariciará por la noche antes de acostarnos… Va a pasar mucho tiempo hasta que algo así ocurra… ¿Cuándo voy a encontrar a otra persona?

Lamentaba no haberme quedado con una prenda de ropa suya. Estuve a punto, la noche antes de que mi ex viniera con sus cajas. Cogí una de sus camisetas, la abracé y sentí su intenso olor. Quería guardarla con todas mis fuerzas. No sé de dónde encontré la fuerza para depositarla de nuevo en su cajón para que al día siguiente se la llevara con el resto de sus cosas. Por eso, ya no quedaba nada en el piso que pudiera recordarme a él. Más que todo los sentimientos y el cariño, recuerdos que llevaba yo dentro. Quería guardarlos y quería borrarlos.

"Sigue pidiéndole cosas al universo… ¡parece que has resuelto tu miedo a no encontrar nadie pronto sin tener que pasar por Tinder[41] en tiempo record!" Apuntaba avispadamente Joanne cuando le contaba nuestro paradigmático encuentro.

Rob y yo flirteamos durante un mes, por mensajes de 'Whats App'[42] y algún café. Yo estaba siempre a medias. Pensando en que eso era solo una distracción. Atemorizada de lo que se venía encima. Si nos besábamos, sus besos no serían los de mi ex. Si le abrazaba, su cuerpo no sería el de mi ex. Tampoco su olor. No les gustaba ni el mismo estilo de ropa, a juzgar por las primeras impresiones. Hablaban diferente, gesticulaban de manera diferente, su tono de voz, las risas… pero lo peor sería el sexo. El estigma que los ex dejan en nosotros por mucho más tiempo y que convierte la victoria del acostarse con otro chico en algo amargo e insoportable ante la evidencia de estar cerca de otro cuerpo desconocido. Todas estas incomodidades hacían que yo estuviera menos dispuesta a enamorarme que Rob.

Thomas lo sabía todo del arquitecto catalán Gaudí[43] y su obra. Lo único que no conseguía recordar era cómo se llamaba uno de sus trabajos con más reconocimiento internacional:

"Esa iglesia que no está acabada pero que quieren terminar de construir ahora…" Me decía ansioso mientras esperaba que yo le recordara el nombre de este monumento arquitectónico, la Sagrada Familia.

Thomas nunca había tenido la oportunidad de viajar a Barcelona. Se enamoró de la obra de Gaudí hacía unos cuantos años, cuando vio un documental en la televisión de Hong Kong.

"Me pareció precioso porque en todas esas inesperadas formas veía representado el universo propio de una novela de ficción todavía por escribir."

Inmediatamente cogió el móvil y buscó fotos de la Sagrada Familia, la Pedrera y el Parque Güell mientras me explicaba cómo Gaudí se inspiraba en las formas de la naturaleza para diseñar sus edificios. Gesticulaba con las manos para reproducir las espirales, curvas y geometrías que tanto le gustaba a Gaudí utilizar. Estaba tan inmerso que olvidó que yo venía de Barcelona y que quizá ya estaba familiarizada con todo lo que decía… no creo que este pequeño detalle se le pasara por la cabeza. Yo no hice gesto alguno para interrumpir su conversación, su admiración era contagiosa. Me gustaba ver cómo él llevaba en el corazón una ciudad que nunca había visitado, pero por la que sentía una gran atracción.

Le animé a que viajara a Barcelona algún día y visitar estos espacios en persona.

"Sí, primero tengo que hacerme rico…" Añadió con una carcajada.

A lo que yo le contesté que si algún día yo era rica, compraría todas las cintas de su tienda para que él pudiera irse y viajar a Barcelona.

"¡Oh! Mi jefe se haría rico… pero yo no… esta estrategia no serviría…" Sentenció, acertadamente.

Erróneamente, había pensado que él era el propietario de la tienda. Siempre estaba solo y me atendía de manera muy profesional. Con convicción, como si el negocio fuera suyo. También me equivoqué al intentar adivinarle la edad. Thomas era mucho más joven de lo que yo pensaba.

Había regresado de vivir en Toronto, Canadá, y hacía sólo dos años que trabajaba en el local, después de terminar sus estudios universitarios. Además del trabajo en la tienda de cintas, por las noches y fines de semana, trabajaba como repartidor. Quería ganar dinero, cuánto más mejor, para garantizar la estabilidad de sus padres y de su familia.

"La sanidad y los gastos serán cada vez más caros en Hong Kong… Cuando mis padres envejezcan, yo voy a ser responsable y tengo que asegurarme de que puedo cuidar de ellos."

Su jefe, el verdadero propietario de la tienda, le dejaba usar el ordenador que guardan en el despacho trasero para que Thomas pudiera controlar sus acciones cuando no había clientes en la tienda. Todo lo que él ganaba de dinero extra, lo invertía.

Cuando Thomas me hablaba del frío de Canadá … veinte grados centígrados bajo cero en invierno… yo le explicaba que en Pekín también sufrí mucho los gélidos inviernos. Nada de eso le interesaba… me interrumpió:

"¿Qué se puede visitar en Pekín?"

¿Cómo puede ser que conozca Barcelona mejor que Pekín? La capital del imperio chino que reclama su soberanía absoluta sobre Hong Kong. Me preguntaba sorprendida…

Thomas recibió toda su educación en Hong Kong y solo vivió en Canadá durante cuatro años. Antes de que yo tuviera tiempo en darle una lista de los sitios que, en mi opinión, no se pueden dejar de visitar en Pekín… Thomas añadió…

"¿Has estado en la Gran Muralla China (萬里長城)?"

¡Estaba ansioso por saber más!

Cuando le dije que había estado varias veces, con mi ex novio y otros amigos, pero que había que conducir al menos tres horas para alcanzar los tramos más sugestivos y bellos, se quedó atónito de las dimensiones tan grandes de la ciudad… No tenía ni idea.

"Pensaba que la gran muralla estaba sólo a diez minutos…"

Y añadió:

"Sé que la contaminación en Pekín es un problema muy grande."

En eso no se equivocaba… y yo le aconsejé visitar la ciudad en otoño o primavera cuando el clima es seco y ventoso y ayuda a limpiar el ambiente.

Pronto se acercaba su hora de comer y cortó la conversación de repente. La tienda cierra puntualmente de una a dos de la tarde, cada día, como muchos de los comercios del barrio. Curiosamente todos siguen el mismo procedimiento:

Atan una cuerda de lado a lado de la puerta de entrada al establecimiento de la que cuelga un cartel deslucido por el paso de los años. En él se indica que es la hora de comer y que no van a atender a ningún cliente durante la pausa. Desde el exterior se puede ver una mesa que suelen cubrir con papel de periódico para no mancharla. Sacan los enseres, tacitas de té y diferentes platos de comida caseros que comparten mientras se afanan con los palillos.

"¡Venga! Compra lo que tengas que comprar que tengo que cerrar…. En esta tienda todo lo que ves está en venta, ¡incluso el gato está en venta!" Me dijo sonriendo.

Posiblemente además de saborear la comida, Thomas quería también echar un vistazo a sus acciones. Me cobró y desapareció corriendo hacia la trastienda mientras yo salía por la puerta, agachándome para pasar cuidadosamente por debajo del cartel con los horarios de la comida. El gato me acompañó sigilosamente hasta el umbral, sin dar un paso más. Me agaché y lo acaricié para despedirme cariñosamente.

第五章

¡Missy, Missy!

Como yo trabajaba en la isla, a diario cuando regresaba a Sham Shui Po por la tarde y hacía mi recorrido habitual, sentía que tenía el privilegio de vivir al otro lado de un imaginario túnel en el tiempo y en el espacio; entre el Hong Kong mundialmente conocido –la Nueva York de Asia lo apodan algunos en un fallido intento de buscar un referente occidental-, y el Hong Kong que habita la mayoría de la población: El Hong Kong de la clase media tradicional china, el Hong Kong de la gente parecida a mí.

"Es muy raro que vivas en Sham Shui Po… normalmente a los extranjeros les gusta vivir en la isla, cerca de los otros expats y en condominios internacionales, si se lo pueden permitir."

Me comentaba sorprendido un taxista. Yo le contesté rápidamente que yo no era una expat, si no una persona normal que vivía en Hong Kong. Con cautela, levantó la mirada para mirar por el retrovisor, mientras apoyaba las dos manos en el volante, y me preguntó cuál era mi país de origen.

"Uno, dos, tres, cuatro, cinco, seis, ocho, nueve, diez…" Satisfecho, contó del uno al diez en español.

El taxista chapurreaba un poco el español. Había vivido en Macau (澳門)[44] durante muchos años y hablaba portugués fluidamente.

Intentó continuar la conversación en español pero sus conocimientos no eran lo bastante avanzados y seguía esa bonita técnica de usar vocablos en portugués para sustituir todas esas palabras que desconocía en español. Como yo solía hacer con el mandarín y el cantonés.

Había perdido la cuenta de cuántas veces me habían preguntado cuál era mi ciudad preferida: Hong Kong o Pekín. Nunca había sabido qué responder a esta pregunta. Pekín ocupaba un lugar especial en mi corazón. Había llegado a la ciudad antes de los Juegos Olímpicos y haber presenciado ese momento de cambio era algo difícil de combatir.

Hong Kong, sin embargo, tenía algo diferente. Era mi amable compañero de viaje con quién tenía una fluida dinámica y una química interminable. Me empujaba tanto como hiciera falta, me sacaba de mis casillas a veces, pero nunca, nunca me dejaba de la mano. Hong Kong me arropaba. Sin darme cuenta empecé a bajar la guardia y a echar raíces hasta que le entregué mi corazón por completo.

Todo me absorbía: sus calles, el olor, el color, el clima... La ciudad me hablaba y yo la escuchaba como nunca había escuchado a nadie. Agradecida por sentirme una invitada de honor de Sham Shui Po, con su ininterrumpido estilo de vida alejado de la influencia occidental. Fantaseaba a diario con las ajetreadas vidas de los vecinos cuando me dirigía a la estación de metro. Tenía un check list[45] (así la apodaba yo) de comercios que observaba a diario.

Rocky, así había bautizado el esqueleto -más alto que yo- que flanqueaba la entrada de la consulta de medicina china. A veces, el propio médico se encontraba de pie en la puerta, al lado del esqueleto,. Apoyado en el margen, con los brazos cruzados en el pecho, esperando a su próximo cliente.

Cruzando la calle, abrieron una fontanería al poco de mudarme yo al barrio. Renovaron la tienda al completo para hacer espacio y poder exponer lavabos e inodoros, mangos de ducha y todo lo que hiciera falta. A menudo usaban los lavabos para sentarse mientras esperaban nuevos clientes.

Girando la esquina, al pasar por la minúscula tienda, del tamaño de una estantería Billy de Ikea, había que ir con cuidado y apartarse ágilmente de un grueso chorro de agua que caía sin parar cada día de la azotea de unos vecinos. Era un misterio saber de dónde venía el agua. Porque estaba siempre ahí, incluso en los días en los que no había llovido.

Más adelante la tienda que solo vendía calendarios tradicionales chinos. De todos los tamaños y grosores. Por año nuevo chino añadían decoraciones de año nuevo al inventario. Era la única excepción.

La esquina asesina, donde confluían Cedar Street (柏樹街) y Yuchau (汝州街) Street sin semáforo ni paso de peatones, ¡era todo un reto cruzarla sin temer perder la vida! Los coches venían por cuatro lados, a toda velocidad.

Si sobrevivía al cruzar esa calle, llegaba a una de mis tiendas de telas favorita. La propietaria nunca me dijo su nombre, se mostraba fría, pero me apreciaba, podía verlo en el fondo de la mirada desconfiada que escondían sus gafas. Para ella todo era una cuestión de hacer negocio:

"Mai de di, zuo de di (買的多做得多) (compra más, cose más)" Me repetía en cantonés constantemente.

"Mai de di, zuo de di (買的多做得多)"

Tenía un lado sensible. Cuando entraba en su tienda, levantaba la mirada y se acercaba a mí y me daba un abrazo.

Siempre me preguntaba por mis diseños, y quería que le enseñara fotos de lo que yo había hecho. Con ella, sin embargo, siempre perdía en las negociaciones. Nunca bajaba los precios ni un céntimo. A cambio me guardaba restos de stocks solo para mí. Su negocio era la venta al mayor. Los metros que le sobraban los ponía cuidadosamente en cajas de plástico para vender a buen precio. Su gato a veces se interponía por el camino. Le gustaba hacer su cama en esas cajas llenas de telas.

"Es un gato gordo y perezoso." Me decía siempre, desesperada.

Tenía que empujarlo cariñosamente para que se moviera de las cajas de telas donde descansaba tranquilamente y los clientes pudieran comprar los restos que ella tanto quería quitarse de encima.

El Renacimiento era la última referencia antes de llegar a las escaleras del metro. Se trata de uno de los pocos edificios previos a la Segunda Guerra Mundial y la invasión japonesa que se mantiene en pie, típico de la arquitectura de la época. Con galerías en el primer piso a modo de agradables balcones, que a su vez constituyen un bonito porche con columnas de color gris. Por alguna razón, habían decidido decorar el techo de ese porche con pinturas inspiradas en el Renacimiento.

De vuelta a casa solía coger la calle de abajo y giraba hacia Tainan Street (大南街). Esquivaba el chorro de agua y la tienda de telas a propósito (la tentación de acabar comprando algún metro cada día que volvía a casa era demasiado grande).

Así también tenía oportunidad de saludar a diario a la familia Wu. Normalmente, siempre encontraba a la abuela Wu elegantemente vestida con su tradicional cheong sam (長衫)[46]. Sentada en un viejo taburete de madera con su bastón sujeto entre las piernas. Sus manos extremadamente arrugadas se apoyaban entrelazadas en la empuñadura. En su lado derecho, observé que siempre solía dejar su bolso en el suelo. Me preguntaba por qué no lo dejaría dentro de la tienda. Seguramente llevaba algo ahí que quería tener cerca por si lo necesitaba.

Como muchas abuelas de Hong Kong se mantenía en buena forma y se la veía siempre erguida, con la espalda bien recta. Si su achacoso cuerpo la fastidiaba, cerraba la mano en un puño y se golpeaba fuertemente las piernas, la cadera o la espalda para liberarse de las incómodas tensiones que se le acumulaban en sus músculos.

Durante los días lluviosos, la abuela Wu se quedaba en casa. No le gustaba estar dentro de la tienda, cobijada, me contó el mismo día que me enseñaba fotos de su infancia en Sham Shui Po. Su pelo había perdido cualquier vestigio de su antigua cabellera negra. Ahora lo llevaba gris, corto y con permanente. La abuela Wu tampoco había cambiado ninguno de sus hábitos diarios. Si el tiempo lo permitía, seguía limpiando las verduras para la comida en la calle, en unos cuencos de plástico verde y rojo, encima de una tabla de madera que se sostenía por dos bombonas de butano. Yo nunca entendí cómo no explotaban bajo el caluroso sol de Hong Kong. Aunque en realidad, no pasaban muchas horas al sol, pues tenían mucho trabajo y distribuían las bombonas con rapidez. Al no disponer de cocinas eléctricas, los vecinos confiaban en sus servicios para cocinar.

La abuela Wu cocinaba cada día para toda la familia en fogones de camping gas. Usaba la misma mesa improvisada, para cortar las verduras con un viejísimo cuchillo de cocina -chop, chop, chop. El pescado fresco, esperaba su turno convenientemente. Cuando acababan de cocinar el mismo set servía de improvisado tendedero, del que colgaban algunas piezas de ropa para secar al fresco. Algún cheong sam con su colgador y alguna toalla. La abuela Wu solía lavarlas a mano con un poco de agua y jabón en esos mismos cuencos. En otras ocasiones, veía, al pasar, todo tipo de verduras y pescados esparcidos secándose al sol.

Los miembros de la familia Wu fueron de los primeros vecinos que conocí en Sham Shui Po. Sin las bombonas de gas no podíamos cocinar de ninguna manera. Me dirigí al establecimiento y me atendieron la madre Wu y su hijo. En seguida se maravillaron por mi habilidad con el chino mandarín. La abuela Wu se incorporó de inmediato. Ágilmente entró en la tienda para escuchar la conversación. No decía nada, pero me observaba intensamente. A ratos sonreía de manera delicada… había algo en ella, en su manera de mirarme que me hacía sentir protegida. Sentía cariño… era como si quisiera darme cobijo, dándose cuenta del gran reto que podía suponer para un extranjero el comunicarse en mandarín y cantonés, y el desconcierto de un mundo diferente.

En esta ocasión, la madre Wu decidió enviar al instante a su hijo y marido. Había diferentes modelos de bombonas de gas y yo no tenía ni idea de cuál era la que encajaba en mi cocina. El propietario del piso no dejó ninguna instrucción. Cuando llegaron a casa, me dijeron que tenían que cambiar el tubo que comunicaba los fogones con la bombona. Estaba caducado. El recambio tenía un coste de 200 HKD (poco más de 20 euros). Yo desconfiaba… por ese instinto absurdo de pensar que había que desconfiar de una extraño. Pensaba que querían aprovecharse de mí y engañarme. Precisamente porque el piso estaba recientemente renovado y no entraba dentro de mis cálculos que me lo hubiesen entregado en esas condiciones… Merecía arder en el infierno por tener ese absurdo pensamiento occidental después de tantos años en Asia. Quien no había cumplido era claramente el propietario del piso.

"Veo que estás confundida y que no sabes cómo funcionan estas cosas en Hong Kong. Sólo puedo decirte que no te preocupes y que confíes. Nosotros nunca te engañaríamos." Me espetó el hijo Wu al darse cuenta de que yo no sabía qué hacer.

Rebosaba honestidad y le creí a ciegas. No me equivoqué. Al cabo de unos treinta minutos, el hijo Wu y su padre regresaron al piso con un nuevo tuvo y dos bombonas de butano.

"Siempre es bueno guardar una de recambio. Nosotros siempre vendremos rápido si necesitas algo, solo tienes que llamarnos. Pero no quieres quedarte sin gas por la noche… a esas horas estaremos durmiendo."

Sabio consejo.

Desde ese día, cada vez que pasaba por delante de su tienda levantaban la mano y me obsequiaban con el bonito saludo:

"¡Missy, Missy[47]!"

Yo les contestaba con un:

"¡Nihao (你好)!"

Todos sonreíamos, yo seguía mi camino.

Solo hubo un día en el que no me vieron pasar. Desgraciadamente el padre Wu se encontraba mal. Me asusté al ver la ambulancia parada enfrente de la tienda y al hijo Wu subiéndose junto con el paramédico.

Yo me encontraba solo una calle más abajo. Apreté el paso y para cuando llegué a la tienda, la ambulancia estaba arrancando. Entré de inmediato y la señora Wu estaba muy alterada.

Ella es quién lleva el negocio. Siempre tiene el control de la situación. Pero ese día, lógicamente, su mente estaba en otro sitio. Me acerqué a ella y le pregunté qué había pasado. Al parecer su marido tenía un dolor de estómago muy agudo. Como ya superaba los cincuenta años, se preocuparon y decidieron llamar a la ambulancia. Se lo llevaron al hospital para hacerle más pruebas.

Yo le di un abrazo y me fui a trabajar. Por la tarde, me aseguré de pasar por la tienda otra vez para preguntarles cómo estaba el padre Wu. La señora Wu tenía una sonrisa en la cara, desprendía otra energía y ya había retomado el control del negocio.

"No era nada. Sólo dolor de estómago por haber comido algo que no le sentó muy bien. Ahora está en casa descansando." Me lo dijo con sonrisa pícara… insinuando que su marido debía controlar un poco más lo que ingería …

"A veces come demasiado… pero realmente el problema es que algunos de los restaurantes y rincones de Sham Shui Po no están muy limpios. Es mejor que coma en casa. Pero él siempre compra esos bocadillos típicos de Hong Kong[48] que tanto le gustan." Añadió sentenciando.

La falta de higiene era un hecho casi incontestable. Por más que yo tuviera cariño al barrio, la ciudad y su gente, tenía que ser realista. Los centros comerciales y lugares más lujosos están siempre impolutos, pero el Hong Kong más local tiene otros estándares. Es parte de la identidad de la ciudad. Limpio o sucio es relativo. Todo depende de los estándares que tengamos cada uno y cómo reaccionamos a ellos. Sí, algunos rincones estaban manchados si los comparaba con Barcelona, pero si me basaba simplemente en el entorno que me rodeaba, la sensación era diferente: así es como son las cosas ahí y punto. Es posible también que me autoengañara. A mí me gustaba mucho comer en esos restaurantes locales. Había tenido alguna intoxicación alimentaria en el pasado que había servido para fortalecer mi delicado estómago occidental. Las ratas, en cambio, eran más difíciles de gestionar.

Quizá la mejor anécdota que tenía al respecto sucedió cuando estaba comprando cintas y pasamanerias en una de mis tiendas favoritas. La avistó primero el propietario de la tienda, quién siempre se sentaba en la misma mesa, frente al ordenador, pasando cuentas y gestionando encargos al por mayor. Me conocía porque siempre que me veía entrar en la tienda levantaba la cabeza, se quitaba las gafas y movía la cabeza para saludarme sin abrir la boca. Yo le contestaba con la misma moneda. Movimiento de cabeza y añadía una pequeña y comedida sonrisa. Las gafas, sin embargo, yo no me las quitaba. El propietario era originario de Hong Kong, pero todos sus empleados venían de China continental. Llevaban entre diez y veinte años residiendo en el territorio.

Él no movió un dedo. Fue la empleada quien con decisión cogió una escoba, la persiguió hasta medio pasillo y antes de que la rata buscara un sitio donde estuviera a salvo entre un montón de telas…. ¡pam pam pam! La dejó inconsciente con decisión. La retiró del camino con un recogedor.

Nada podía estorbar su afinada mente negociadora y rápidamente vino hacia mí, otra vez, para continuar con la compra-venta de unas cuantas cintas de las que yo me había encaprichado. Mientras negociábamos el precio yo pensaba... si esto pasara en Barcelona media tienda estaría alterada y nerviosa. Dudaba también de que consiguieran erradicarla tan rápidamente. Mientras una parte de mi cerebro estaba distraída imaginando la misma situación en un comercio barcelonés... la vendedora aprovechó la oportunidad y perdí la negociación.

"50 HKD (un poco más de 5 euros) ... precio final, ¡venga!" Me dijo mientras enrollaba las cintas con un pedazo de papel y enganchaba un trozo de celo para que no se soltaran, dando la venta por finalizada y esperando que yo sacara el dinero en efectivo, pagara, cogiera la bolsa y me fuera.

El episodio de las ratas me recordaba a mi ex. Él solía decirme con su pícara sonrisa, propia de un travieso niño de cinco años, que vivíamos en el barrio con una mayor concentración de ratas de todo Hong Kong. Algo que además era cierto. A menudo las veíamos por la calle, sobre todo por la noche. Entre nosotros, teníamos un pequeño juego de tratar a las ratas como si fueran realeza al dejarles paso:

"Pase usted su majestad ..."

Decíamos en voz alta, bromeando, mientras nos apartábamos educadamente y yo rezaba para que no me treparan por la pierna. La broma sirvió para perderles miedo y acabar integrando a esos malditos roedores como parte de la vida en un barrio antiguo, lleno de mercados y restaurantes callejeros y no muy avanzadas condiciones higiénicas. Como bien apuntaba la señora Wu.

Al cabo de unos días, al escuchar el ¡Missy Missy! de rigor, me giré, y vi al hijo Wu saliendo de la tienda y pidiéndome con la mano que me acercara.

"Toma, esto es para ti." Me dijo mientras me daba un paquete de arroz aromático tailandés bien envuelto al vacío.

"¿Por qué?" Le pregunté confundida.

Yo sabía que el arroz es símbolo de buena suerte en China, y se acercaba el año nuevo chino... pero no podía entender de dónde venía ese gesto.

"No preguntes, es para ti. De toda la familia Wu. Nos gusta que seamos vecinos y que formes parte de nuestras vidas."

Sin palabras y apenas gesticulando, cogí el paquete. Sonreí y le di las gracias unas cuantas veces, mientras asentía con la cabeza y empezaba a recular para seguir mi camino

"¡Xie xie, xie xie, xie xie! (谢谢，谢谢，谢谢)"

Por experiencia sabía que no tenía que entrar en muchos detalles para mostrar mi agradecimiento, como haría en Barcelona, y que un triple '¡Xie xie!' sería suficiente.

Me quedé con la incógnita de qué debería hacer con ese arroz. Decidí guardarlo, en lugar de cocinarlo. Se quedó en la cocina, en un puesto de honor, hasta la última cena con la que yo fantaseaba tan a menudo.

Mi relación con Hong Kong se volvió un poco extraña después de la ruptura con mi ex. De-repente, Hong Kong empezó a parecerme un lugar incómodo. Una especie de ratonera gigante en la que yo creía que iba a malgastar la treintena y perder las pocas oportunidades que me quedaban en la vida para labrarme un futuro.

Imagino que me daba miedo acabar como muchas mujeres extranjeras que han convertido su estancia en Asia en el destino para centrarse en la maternidad. Yo disfrutaba trabajando y aprendiendo. Quería rentabilizar el esfuerzo para que repercutiera en mí. Necesitaba sentir que estaba teniendo la mismas oportunidades que mi ex y que si trabajaba duro ahora, conseguiría más adelante compaginar la maternidad con la vida profesional de una manera más equilibrada. Todo dependía de cuan lejos consiguiera llegar antes de ser madre, me repetía.

"¿Pero tú quieres ser madre? Por que ya tienes treinta años y no puedes esperar mucho más… es una cuestión biológica… ya sabes…"

Me recordaba uno de los contactos que había hecho al poco de llegar a Hong Kong en el contexto de una reunión de trabajo en la que estábamos discutiendo futuros proyectos profesionales en colaboración con la empresa que él representaba como alto directivo.

Me lanzó la pregunta en su lujosa oficina situada en un rascacielos del distrito financiero. De repente, mi trayectoria y los servicios profesionales que le estaba ofreciendo dejaron de tener importancia, porque mi interlocutor sólo veía a una mujer en la treintena con unas ambiciones que no casaban con sus expectativas.

Desgraciadamente tuve que escuchar más de una vez comentarios relacionados con la maternidad en reuniones de trabajo, hasta el punto que empecé a preguntarme si lo único que podían ver en mí todos estos hombres era una mujer que poco tenía que ofrecer porque pronto perdería su valor profesional si decidía ser madre.

Esos hombres tenían clarísimo que eso de formar una familia era exclusivamente un sacrificio para la mujer. Pongo mi mano en el fuego de que si yo hubiese sido un hombre, en esas mismas reuniones, nunca me hubiesen hecho esos mismos comentarios. Les habría dado igual si como hombre quería tener hijos o no, porque los hijos ya los tendría la mujer, que por algo es ella quien se queda embarazada.

Lo que más me afectaba era darme cuenta de que en el fondo yo también veía que no podía esperar mucho más a tener hijos.

"Mira, treinta y cinco años es muy buena edad para ser madre. Te quedas embarazada a los treinta y cuatro y tienes el primer hijo a los treinta y cinco. Así es como lo hicimos mi mujer y yo." Me recomendaba encarecidamente otro directivo.

Estos cálculos parecían ser los habituales para todos los que estábamos en el rango de la treintena. Mi ex y yo habíamos hablado más de una vez de tener hijos. Él creía que los treinta clavados era el mejor momento. Principalmente porque eso es lo que todos nuestros amigos habían hecho. O casi todos. Algunos habían empezado incluso un poco antes y ya iban por el segundo y tercer hijo. A mi ex le gustaba argumentarlo de este modo cuando yo le respondía que prefería esperar a los treinta y cinco.

Mi nuevo trabajo en Hong Kong era muy exigente, no había horarios fijos y requería mucha dedicación. Estaba lleno de imprevistos de última hora.

Aunque sabía muy bien que quería ser madre, tampoco quería precipitarme, pensaba para mí. Para mi ex eso era esperar demasiado.

Nunca entendí porqué tenía tanta prisa hasta que me dejó. Él necesitaba formar una familia cuanto antes para convencerse de que la vida que teníamos juntos era lo que él deseaba además de una atadura real que la mantuviera a mi lado.

Por supuesto, después de que mi ex se marchara, esos comentarios procedentes de los adinerados directivos eran ahora una arma de destrucción masiva que retumbaba en mi cabeza, sin cesar.

Me culpaba pensando que durante nuestros años de relación, había tratado de jugar con las mismas cartas que mi ex que me olvidé de que yo era una mujer. Y que por ello no podía esperar tener las mismas libertades de dirigir mi vida como yo quisiera. Como mi ex había hecho con su regreso repentino a Pekín, como si nada importara.

Pasados los meses de euforia en los que me alegraba de haberme quitado de encima a ese chico que me había traicionado (ese hombre que me había hecho perder el tiempo). Esos meses de pensar que, por lo menos, tenía la libertad de empezar de cero en Hong Kong, y tener la vida que yo quisiera, me di cuenta de que era tarde. Ya no era tan libre como yo pensaba.

De una manera muy cinematográfica, a menudo sentía como si el tiempo se hubiera detenido en Sham Shui Po, a diferencia del resto del territorio. Casi como si mi vida transcurriera en una de esas películas de Hong Kong que tanto me gustaban, dirigidas en los años noventa por aclamados directores como Wong Kar-wai, John Woo o Johnnie To.

En alguna ocasión, había dejado volar tanto la imaginación, que incluso había llegado a pensar que una de las cajeras del supermercado Wellcome[49] era la doble de la famosísima actriz de Hong Kong Faye Wong en la película Chunking Express[50]. El parecido físico era de lo más razonable y fácilmente se podría tratar de la misma persona, aunque tenían historias muy diferentes.

La primera vez que entablé conversación con la Sra. Kwok fue durante el año nuevo chino de 2016 (el del mono). Para mucha gente las casi dos semanas de celebraciones se convierten en las únicas vacaciones que tienen durante el año.

"¿Te toca trabajar hoy?" Me preguntó mientras pasaba unas cuantas frutas del dragón por la máquina.

Yo asentí

"¿A qué te dedicas?" Añadió.

Le contesté que trabajaba en comunicación… pero no preguntó nada más. La piña pareció alejarla de nuestra conversación. O simplemente no sabía muy bien a qué me dedicaba… solía pasar a menudo. Esto de la comunicación es algo muy difuso… Dudo que mis padres sepan muy bien de qué se trata. Desde luego, mis abuelos, nunca lo entendieron.

"¿Sabes cómo cortar la piña?"

Le dije que sí desinteresadamente, pero yo ya presentía que la pregunta tenía truco…

"La piña es dulce y sabrosa. Nosotros la ponemos con sal y agua durante un ratito, antes de comerla."

En ese momento empecé a prestar atención. Se avecinaba otro de esos momentos en los que la sabiduría asiática iba a sorprenderme.

"Sí, la cortas, la pones con agua y sal durante un ratito y el sabor mucho mejor después. Éste es el estilo de Hong Kong."

Al contestarle honestamente que no tenía ni idea y prometerle que iba a probarlo algún día me dijo:

"¡Ves! Esto es comunicación: ¡Compartir conocimiento!"

Me entregó el tíquet de la cuenta, cobró el pago y nos despedimos… Yo me quedé pensando, algo había en la Sra. Kwok que me llamaba la atención. Antes de que nos presentáramos formalmente y me dijera su nombre, yo la había apodado la 'cajera maternal'. Ese era el sentimiento y el calor que ella desprendía hacia mí cuándo nos encontrábamos en el supermercado.

Iba muy a menudo, claro. Las cocinas en Hong Kong son normalmente pequeñas, incluso en pisos grandes. Y tampoco tenía tanto espacio para guardar víveres en esos armarios.

Su inglés era perfecto y yo percibía que ella quería hablarlo conmigo para poder practicar. Pero le gustaba tanto que yo supiera mandarín, que siempre me empujaba a hablarlo con ella. A diferencia de las otras cajeras que siempre imprimían el tíquet en inglés[51], la Sra. Kwok me lo daba siempre en chino, ella quería que siguiera aprendiendo. Al principio solía preguntarme con una sonrisa, inclinando la cabeza y preguntándome:

"¿Quieres el tíquet en inglés o en chino?"

Antes de que yo pudiera responder, ella añadía:

"¡Venga! ¡en Chino!"

A la Sra. Kwok parecía escapársele el hecho de que, aunque yo hablara chino, no podía leer el tíquet porque estaba todo en chino tradicional y yo había aprendido los caracteres en chino simplificado.

Muchos de mis vecinos no eran conscientes de la complejidad de su idioma. Ellos podían adivinar significados y encontrar paralelismos entre el cantonés y el mandarín quizá de una manera parecida a cómo yo podía manejarme un poco instintivamente con el italiano por su parecido con el español y el catalán.

La Sra. Kwok hablaba fluidamente el mandarín, inglés y cantonés y nunca solía mezclarlas. Pero en la mayoría de los casos, en mi barrio, las mezclas entre lenguas eran de lo más frecuentes y esa era mi manera de comunicarme.

A mí me gustaba hacer cocina de mercado[52]. Y por eso compaginaba las visitas al supermercado con el mercado de frutas, verduras, pescado y carne de Sham Shui Po, conocido bajo el nombre de 'Pei Ho Street Market and Cooked Food Centre' (北河街街市及熟食中心). Ahí también tenía mis puestecitos habituales. Donde podía encontrar verduras chinas frescas, típicas de China continental que no encontraba en el supermercado.

Buena parte del poco cantonés que sabía lo aprendí, sobre la marcha, comprando en este mercado. Cuándo no estaba segura de cuál era la palabra en cantonés, lo decía en mandarín, intercalándola. A los dependientes no les importaba, siempre sonreían y solían entenderme. Me corregían y yo aprendía poco a poco.

Tardé algún tiempo en averiguar de dónde venía esa sensación de que el trabajo de cajera en el supermercado no era para la Sra. Kwok. Estaba sobrecualificada.

Cuando no había mucha gente en la cola, se dedicaba a organizar las bebidas en las neveras que hay cerca de las cajas. A la Sra. Kwok le gustaba moverse de tanto en tanto, en lugar de estar siempre detrás de la caja de pie en ese espacio tan pequeño.

Era en estos momentos de poco ajetreo cuando ella y yo solíamos hablar de la vida. Su hija era la principal preocupación de la Sra. Kwok. Por aquél entonces estaba acabando secundaria y preparando los exámenes para entrar en la universidad y estudiar Medicina. La Sra. Kwok no lo veía claro. Sabía que era un profesión de futuro pero el mercado está saturado de médicos y ella quería que su hija estudiara algo más polivalente, con habilidades más transversales. Le daba miedo que si seguía su pasión, a lo mejor acababa como ella. Una confesión que me soltó un día de repente por lo bajines:

"Yo sé que no te lo vas a creer pero yo estudié derecho en los Estados Unidos."

La Sra Kwok esperaba que la juzgara, pero como yo no dije nada ni mostré sorpresa alguna… añadió:

"Hace treinta años ya… cuando terminé regresé a Hong Kong para trabajar para el gobierno. Tenía un trabajo de mucha responsabilidad… pero lo dejé."

No me pude contener y le pregunté el porqué de esa decisión. Veía claramente que la Sra. Kwok echaba de menos su identidad como abogada y que, aunque trabajaba con dignidad, no se sentía identificada con el trabajo de cajera de supermercado.

"Mi marido es japonés. Cuando nos casamos, como muchas mujeres en Hong Kong, dejé el trabajo para poder tener hijos. Al cabo de poco tiempo nos trasladamos a Japón. En ese momento las cosas nos iban bien económicamente, pero tuvimos que abandonar Japón debido al desastre de Fukushima[53]. Vivíamos tan cerca que fuimos evacuados y decidimos volver a Hong Kong."

La falta de previsión ante tan repentino cambio generó mucha inestabilidad económica para el matrimonio Kwok. Después de tantos años sin trabajar, la carrera profesional en derecho de la Sra. Kwok ya no encajaba en el mundo laboral hongkonés y lo único que pudo encontrar fueron trabajos poco cualificados que no requerían habilidades muy avanzadas. Por aquél entonces ella tenía cincuenta años. Los profesionales más seniors estaban asentadísimos en sus puestos profesionales. Y los jóvenes recién graduados ocupaban los sitios de menor calificación, con salarios más bajos. En ningún caso la Sra. Kwok podía competir para reincorporarse en el mercado laboral.

"Quiero dejar este trabajo. Estoy pensando en dedicarme a dar clases como tutora." Añadió bajando la voz de nuevo.

La Sra. Kwok habla inglés, japonés, mandarín y cantonés. Pero su problema era la escritura en el actual mercado laboral de Hong Kong. Nunca aprendió pinyin porque en la época colonial, cuando ella estudió, se aprendían el chino solo oral lo que hace que su escritura en chino fuera muy lenta.

"Podría trabajar para Morgan Stanley o JP Morgan. Necesitan a gente altamente cualificada como yo con un perfil profesional como el mío. No les preocuparía que yo no sepa escribir chino bien."

Tanto la Sra. Kwok como Joanne fueron educadas bajo el mismo sistema, en Hong Kong. Ambas tenían estudios universitarios en el extranjero. El acceso al inglés y un entorno educativo internacional les dio una ventaja competitiva enorme. Sólo las diferenciaba una cosa: la libertad. Joanne se divorció y no tenía familia. Persiguió sus sueños y empezó un negocio. La Sra. Kwok, se dedicó a su familia y abandonó su profesión.

¿Quién de las dos había tomado una decisión más acertada, me preguntaba? Joanne se había liberado de la idea del amor eterno, mientras que la Sra. Kwok se había entregado por completo a una vida de sacrificio.

¿En qué lado me encontraba yo? ¿Qué vida esperaba durante todos los años que estuve con mi ex? Todo se estaba volviendo muy confuso. En ese momento solo pensaba que no tenía el mundo en mis manos, por ser mujer. Este pretexto se había convertido en una constante en mi día a día. Me acostaba en la cama y nada más poner la cabeza en la almohada, la presión de la maternidad me atacaba impidiéndome conciliar el sueño estorbando mi sueño. Hasta que conseguía dormirme. Nada más abrir los ojos, volvía otra vez al sobre el mismo tema y no lo silenciaba hasta que me ponía a trabajar y ocupaba mi mente con otras cosas. Intentaba quitármelo de la cabeza, recordarme a mí misma que no había hecho nada malo. John se había ido, pero no era culpa mía. Yo hubiese estado dispuesta a buscar una manera de arreglarlo… por qué me culpaba por una decisión que no era mía. Pensaba que tendría que haberme sacrificado para formar una familia, como mi ex quería.

A veces, tenía la sensación de que Sham Shui Po tenía tantas facetas diferentes que no podía abarcarlas. Como si nunca pudiera llegar a exprimirlo del todo. Bastaba levantar la cabeza y mirar con un ángulo ligeramente diferente la misma calle de siempre y descubrir un fascinante detalle que llevaba ahí años sin ser visto.

No es la fiesta, no son bares, ni restaurantes lujosos, o centros comerciales repletos de tiendas y entretenimiento, como los que suelen frecuentar la mayoría de expatriados. Sham Shui Po es el barrio y es su gente. La vida transcurre a otro ritmo, y a menudo me sentía feliz, arropada y como en casa al observar ese ambiente que tanto me recordaba a mi infancia, a mi vida y a mi familia en mi Barcelona natal. -Rob no encontraba ningún encanto en nada de todo esto.

La brecha entre su mundo en la isla de Hong Kong y el mío en Sham Shui Po era tan grande que tuve que empezar a forzarme a salir de mis rutinas para pasar más tiempo en la occidentalizada burbuja, en la isla, con él. Frecuentando los bares y restaurantes que a él le gustaban, rodeada de extranjeros que a menudo necesitaban echar mano de los mapas de Google para saber dónde se encontraba Sham Shui Po. Lo hacían sin siquiera sonrojarse. No les importaba reconocer que desconocían todo lo que estuviera fuera del círculo de expats. Se sorprendían al descubrir que ese barrio de nombre exótico estaba situado a cinco estaciones de metro del centro financiero.

Otros, no podían contener su decepción al descubrir que yo vivía en una zona tan local en lugar de la moderna isla. ¿Por qué un extranjero querría vivir ahí? La expresión de su rostro lo decía todo, por mucho que intentaran disimularlo.

Ser una inquilina en Nam Fung Mansion me hacía demasiado diferente en esos círculos de extranjeros donde las apariencias y las conexiones solían dictar las relaciones personales y profesionales.

La verdad es que algunas de estas situaciones eran tan grotescas que me parecían hasta cómicas y a veces tenía que hacer un gran esfuerzo para contener la risa al presenciar las ridículas reacciones de muchos de los amigos de Rob. Juntos acabamos adoptando un estilo de vida muy cosmopolita.

Yo estaba muy acostumbrada a moverme en los ambientes de alto standing que a Rob le gustaban. Mi trabajo lo requería y lo disfrutaba porque, aunque yo no perteneciera a la adinerada cúpula expatriada, muchos de estos hombres y mujeres tenían vidas muy interesantes. Rob y yo veíamos el mundo de manera muy diferente, pero yo siempre aprendía de él y de sus amigos por esa disparidad, porque lidiaban con la vida y sus oportunidades con una perspectiva opuesta a la de la clase media tradicional. Su poder y recursos económicos y profesionales se lo permitía. Veían el mundo desde arriba, como a vista de pájaro. Entendían de grandes inversiones económicas, movían capital como si nada y sus vidas se basaban en sus lucrativas carreras profesionales corporativas.

Rob era un BBC (British Born Chinese, por sus siglas en inglés). En Hong Kong los chinos usaban a menudo este acrónimo para referirse a los chinos nacidos y criados en el Reino Unido y con pasaporte británico. Algunos mantenían sus raíces chinas a través de sus padres, y otros se internacionalizaban de tal manera que se convertían en ciudadanos globales. Éste era el caso de Rob, quien nunca aprendió chino porque con sus padres sólo hablaba inglés.

Rob había vivido en cinco países diferentes trabajando como inversor en el banco HSBC. Empezó su carrera cuando se trasladó de su Londres natal a Paris, poco después de acabar la universidad y haber hecho algunas prácticas. Rob ascendió profesionalmente poco a poco. Iba cambiando de departamento y de destino cuando la oportunidad se le presentaba.

De Paris, se fue a Amsterdam y de ahí empezó su recorrido por Oriente. Dubai fue su primera parada, pasando por Bangkok y

Shanghai, hasta terminar en Hong Kong. No pasaba más de dos o tres años, como media, por destino. Cada vez que cambiaba de ciudad, dejaba su vida atrás. Daba igual lo que hubiera construido. Amistades, aficiones, costumbres, estilo de vida e incluso parejas. ¡Borrón y cuenta nueva! Esto hacía nuestra relación casual mucho más fácil y sostenible con el paso de los meses. Su estilo de vida rechazaba el compromiso y yo necesitaría mucho tiempo antes de poder entregar mi corazón a alguien.

Por descontado, Rob intentaba también mantener sus posesiones al mínimo:

"Mi vida cabe en una mochila." Solía decir.

No es que fuera un concepto suyo. Por esa época, profesar este estilo de vida simplista se había puesto muy de moda en occidente, sobre todo entre los hombres con ambiciosas aspiraciones profesionales. Quizá no tanto su práctica, pero sí el hablar y pretender que esto es lo que uno quería y aspiraba en la vida.

Películas como 'Up in the air,' con el atractivo George Clooney actuando como un exitoso directivo gracias a su capacidad de controlar sus emociones y deshacerse de todo lo que le sobraba.

O esos vídeos que circulaban por Facebook llamando al mundo occidental a abrazar el estilo de vida minimalista japonés. En ellos solían aparecer imágenes de ordenadísimos pisos japoneses con armarios y cajones que sólo contaban con los enseres más básicos para la vida y la existencia de cualquier ser humano que viva en una metrópolis. Por no hablar de la famosísima Marie Kondo[54], que había cautivado a occidente con sus recomendaciones de simplicidad.

A mí estas tendencias me costaba entenderlas. Yo no era materialista pero le tomaba apego a las cosas. Durante tantos años viviendo en el extranjero lejos de mi cultura de origen, los objetos que ocupaban mi piso eran parte de esa sensación que te proporciona tener un hogar que te hace sentir seguro. Algunas de las cosas materiales que acumulamos con el paso de los años son parte de todas esas capas de nuevas experiencias y pequeños avances en tu identidad que se van formando en el extranjero. Sirven de guía y de rumbo. Intentaba no guardarlo absolutamente todo. Los únicos momentos de catarsis en los que de verdad hacía limpieza y tiraba cosas eran las pequeñas mudanzas que había hecho a lo largo de estos años en Asia.

El agobio del traslado me empujaba a liberarme. A lo loco empezaba a deshacerme de lo que no quería (o al menos convencerme de que no lo quería) para poder desprenderme de algunos trastos y reducir un poco el número de cajas a trasladar.

Me había llamado la atención la diferencia de las mudanzas de los extranjeros en Hong Kong. Normalmente todo llegaba en una gran camioneta de una empresa de mudanzas internacionales. Montones de cajas y en algunos casos también muebles. Por el contrario, para los hongkoneses, habitualmente se trataba solo de algunas cajas de plástico herméticas, bolsas y algún mueble suelto sin envolver. En la mayoría de los casos, no había mucho que trasladar porque no había espacio en los pisos para poseer mucho más.

Para mí, el apego a las cosas era más una cuestión material e incluso emocional, era una cuestión de carácter. Esto es precisamente lo que nos hacía a Rob y a mí tan diferentes. Él tan racional y yo tan apasionada.

"Rob no parece uno de ellos, pero es claramente caucásico." Me dijo Joanne el día después de conocerle.

Acompañaba su sentencia, mientras gesticulaba con la mano derecha arriba y abajo de la cara. Quería enfatizar el hecho de que Rob no tenía una fisonomía occidental, pero su mentalidad lo era al cien por cien.

Para Joanne, proviniendo de una familia de inmigrantes, el concepto Expat no existía. Para ella, los blancos occidentales eran caucásicos.

"Vosotros los caucásicos tenéis buenas ideas." Me decía a veces cuándo paseábamos por la zona comercial de Mongkok y entrábamos en alguna tienda europea. Esta zona está situada a tan sólo 15 minutos a pie de Sham Shui Po, y conviven hoteles de cinco estrellas, tiendas de lujo occidentales con comercios y restaurantes chinos completamente locales.

Yo pensaba lo mismo de los chinos… que tenían buenas ideas, muchas veces mejores que las occidentales. Desde productos de cosmética, pasando por los palillos chinos para comer, en lugar de cubiertos. El beber agua caliente en lugar de agua fría para equilibrar el Ying y el Yang, el bálsamo de tigre...usar el paraguas en verano para cubrirse del tórrido sol de Hong Kong, incluyendo paraguas que vienen con protección UV incorporada para asegurarse que los rayos de sol no lo traspasan.

Pero eso no era todo. Joanne quería llegar más allá con sus comentarios sobre occidente... eso era solo el principio...

"¿Adónde quieres llegar con esta relación? ¿No crees que es el momento de acabarlo y avanzar en otra dirección?"

Habían pasado ya algunos meses desde la ruptura con mi ex, Rob y yo estábamos saliendo casualmente sin expectativas de futuro. A menudo me preguntaba a mí misma cuál era la fecha de caducidad para una relación así. Si estábamos a gusto, ¿debíamos ponerle fin igualmente?

Joanne no estaba del todo satisfecha con Rob. Desconfiaba de su mentalidad caucásica.

"Él nunca va a entender por qué te gusta tanto Hong Kong. Tenlo presente antes de que te enamores de él y sea demasiado tarde. No quiero que nadie vuelva a romperte el corazón."

¿Por qué Joanne tenía que ser siempre tan directa y clara?

"No te olvides de que él siempre ha vivido en una burbuja... y que si la cosa avanza, Rob nunca accederá a vivir en un barrio como Sham Shui Po."

第六章

Puerto de Aguas Profundas

Conocí a la Srta. Tang en extrañas circunstancias. Yo estaba tumbada en una camilla de masajes, desnuda al completo. Bueno, no del todo: llevaba una de esas tan poco sensuales e incómodas braguitas de papel que te invitan a usar en los lugares de masajes para dar una mayor sensación de intimidad. Estaba boca abajo, con la cara aplastada en ese redondo cojín que recoge la cabeza encima del agujero que te permite respirar y fijarte, sin fin, en el suelo del establecimiento, mientras dura el tratamiento. Una gran toalla marrón cubría mi cuerpo como una manta. Ese día había convencido a Joanne, por fin, para hacernos un masaje juntas y tener un pequeño día de Spa para recuperar energías.

Joanne no era mucho de masajes. Sentía un poco de pudor por el excesivo contacto físico. Más que nada lo encontraba innecesario. Si necesitaba algún tipo de tratamiento para sus dolores musculares o el cansancio físico, visitaba a su especialista en medicina tradicional china de confianza.

Yo, en cambio, adoraba los masajes. Y los disfrutaba enormemente en Asia, donde había tanta oferta. ¡Eso sí! Yo evitaba esos sitios caros para expats que abundaban en la isla. Mi lugar de confianza era el modesto sitio de masajes Dream Thai Massage[55] en Sham Shui Po regentado por la excéntrica Sra. Daw.

De origen tailandés, nació en Hong Kong y se crió en el barrio de Kowloon City (九龍城區), también conocido como Little Thailand -pequeña Tailandia-. Ahí se establecieron sus padres cuando emigraron de Bangkok a Hong Kong en el año 1965. La Sra. Daw tiene la mandíbula muy marcada, es delgadísima y habla cantonés y mandarín a gran velocidad. Marcando mucho los tonos, con un pequeño acento tailandés. El centro de masajes lleva un ritmo frenético. Su energía es necesaria.

Como muchos otros sitios de masajes chinos en Hong Kong, el Spa está abierto a diario desde las once de la mañana hasta las tres de la madrugada. Tiene más de veinte masajistas a su cargo que suben y bajan ajetreadas la escalera interior que divide el establecimiento en dos pisos. Haciendo masajes exprés en el piso de abajo, donde se reparten las sillas de masajes para tratamientos tradicionales chinos, de espalda y hombros. Las butacas se reservan para los tradicionales masajes chinos de pies, en momentos de mucho trabajo. En el piso de arriba, un amplio espacio acoge ocho camillas de masajes, cada una separada por una fina cortina de color ocre, para brindar un poco de supuesta intimidad.

Yo nunca solía llamar para pedir una cita. El Spa formaba parte de mi habitual recorrido desde la parada de metro de Prince Edward hasta casa. Me resultaba fácil entrar y hacer la petición en persona. La Sra. Daw siempre tenía una respuesta positiva para todo y siempre me encontraba un hueco.

"¡Sí! B está disponible hoy a las diez de la noche. ¡Te apunto!"

Los y las masajistas del Dream Thai Massage se apodaban por las letras del abecedario romano. Yo pensaba, erróneamente, que eran sus iniciales. Mi curiosidad me empujó a preguntárselo a la Sra. Daw, quien me contó un día que éste era el código que usaban para organizar sus horarios y ser más eficientes. Yo ya había visto unas cuantas veces a B por supuesto, y también M y C. La Srta. Tang recibía la letra L, pero ese día teóricamente no le tocaba trabajar. En su lugar, a mí me habían asignado N -quién era nueva para mí- y a Joanne B.

Todo este abecedario de terapeutas se hacía un poco confuso. A Joanne le tranquilizaba saber que le había tocado una masajista a quién yo ya había visto una cuantas veces…

Sin embargo, al parecer un imprevisto de última hora había provocado que nuestras masajistas llegaran tarde y Joanne empezaba a incomodarse. No le gustaba la idea de estar desnuda en esa camilla con su mirada fijada en el suelo. Lo empeoró la electrizante risita de la Sra Daw. Apartó la cortina con su habitual energía mientras nos informaba que lo sentía mucho, pero que llevaban un poco de retraso.

"La N y la B os atenderán enseguida!"

¡Y se marchó!

Yo presentía que Joanne estaba a punto de irse… no hacía más que moverse en la camilla… Ajustando reiteradamente la cabeza en el agujero, la posición de las piernas… pero lo que más agitaba eran los brazos. No acababa de saber si prefería dejarlos colgando de los lados de la camilla, al lado del cuerpo o doblando los codos y descansando las manos y el antebrazo al lado de la cabeza.

De repente ambas masajistas entraron y empezaron a hablar en mandarín entre ellas. No sabían que yo podía entenderlas. Y asumían que Joanne era uno de esos hongkoneses que sólo hablan cantonés… Así descubrimos que había habido un cambio de última hora: No se había presentado por circunstancias desconocidas y la Srta. Tang (aka L) había salvado el día en el último momento. Yo no me pude resistir y acabé preguntándole de qué parte de China era. Se lo pregunté en mandarin obviamente…

La Srta. Tang se alteró y de pronto retiró sus manos de mi espalda. Ella no había previsto que yo pudiera entenderla. Una reacción que yo observaba con frecuencia ya que no muchos extranjeros hablan chino…

Joanne levantó también la cabeza y me miró con su habitual sonrisa pícara. Esa parte sí que le había gustado.

"Soy de Hong Kong y la Srta. B es de China continental, de la provincia de Shaan Xi (陕西)." Me contestó y volvió a deslizar enérgicamente sus manos por mi espalda, mientras Joanne, resignada, aplastaba la cara otra vez en ese incómodo cojín. Eso del Spa no le estaba gustando nada… pero ahí estaba… ¡aguantando! Es lo que tiene la amistad.

Lo que más le sorprendió a la Srta. Tang fue que yo sabía dónde estaba Shaan Xi en el mapa y conocía la provincia. Eso era todavía más raro que mis conocimientos de chino. Al explicarle que había vivido durante unos cuantos años en China Continental y que conocía un poco el país, me cogió confianza y me contó que en realidad ella no trabajaba en Dream Thai Massage. A lo que Joanne volvió a levantar la cabeza y me miró como diciendo... ¡te lo dije! ¡estos sitios no son de fiar! Y seguro que también estaba pensando: ¡menos mal que yo me quedé con la Sra. B que al menos es una habitual en el negocio!

A mí no me quedaba más remedio que aguantar ante la incertidumbre de no saber qué significaba eso de que la Srta. Tang no formara parte del escuadrón de masajistas del centro. Antes de resignarme, preferí preguntarle directamente por qué estaba ahí masajeando mi cuerpo.

"Soy la propietaria de la peluquería y salón de belleza de Maple Street."

En esta ocasión fui yo quién levantó la cabeza rápidamente... Joanne resignada simplemente soltó una carcajada, sentenciando: ¡te lo dije! Y dejó la cabeza aplastada en el cojín.

"Un momento, ¿eres peluquera y no masajista?"

Yo casi quería saltar de la camilla, aunque estuviera desnuda y echar a correr. Me tranquilizó cuando la Srta. Tang me aseguró que sabía de masajes. Solo cuando la peluquería estaba tranquila, echaba una mano en el Dream Thai Massage y se sacaba unas horas extras -el dinero le hacía falta-. Quise creerla.

La Srta. Tang era una de esas masajistas no pudorosas y en ese momento de la conversación ya había llegado a mis nalgas y estaba martirizándolas.

Esa parte de mi cuerpo, junto con el mandarín, le dio confianza. Se animó y empezó a preguntarme más detalles de mi vida, después de que le dijera que yo vivía en el edificio Nam Fung Mansion, justo en la misma calle que su peluquería.

Al conocer mi edad le sorprendió que yo no tuviera hijos todavía y que no estuviera casada y, aún peor, que fuera soltera...

"He tenido mala suerte..."

Mi comentario no le gustó a Joanne. Pude ver su cara por el rabillo de mi ojo derecho. En ese momento ya nos encontrábamos boca arriba. Yo estaba con la pierna izquierda al descubierto. La Srta. Tang estaba atacando mis gemelos, uno de mis puntos débiles. Yo intentaba respirar hondo mientras ella deshacía algunos nudos y yo le explicaba que mi ex había desaparecido de la noche a la mañana.

"A los hombres hay que atraparlos con hijos. Cuanto antes mejor, o siempre encontrarán una excusa para irse."

Joanne y yo giramos la cabeza y nos miramos fijamente ante lo que nos parecía una respuesta desmesurada.

No la juzgué y esperé a que la Srta. Tang continuara su razonamiento y llegara al fondo de su teoría. Tenía que haber una razón que lo explicara, reflexioné. No puede ser sólo una cuestión cultural, ni tradicional. Tampoco quería caer en estereotipos.

La historia de la Srta. Tang se remontaba a su abuela materna, quién era originaria de Hong Kong y miembro del ancestral clan de Hong Kong, los Tang (鄧). Los orígenes de los Tang se sitúan en Kam Tin, en los Nuevos Territorios. Sus antepasados se trasladaron a esa zona de Hong Kong alrededor del año 900 -durante la Dinastía Song-, aunque el calendario no está del todo claro. Durante siglos, la población primigenia de Hong Kong se desarrolló alrededor de este clan, formado por sociedades de campesinos organizados alrededor del colectivismo agrario. A estos indígenas de Hong Kong se les atribuyen las raíces de la identidad cultural de Hong Kong, anterior a las ocupaciones extranjeras y a las masivas olas de inmigración desde China Continental.

Como todos sus ancestros, la abuela Tang nació en el poblado Shui Tau Tsuen (Water Head Village). Ella era la generación veintiséis de la familia Tang. Para conmemorar su llegada al mundo, los líderes de la aldea encendieron solo una discreta vela en el templo local, durante la ceremonia anual de las linternas que celebra el nacimiento de los hijos (pero no de las hijas) de la comunidad. Para el nacimiento de sus hermanos varones, sin embargo, encendieron diversos farolillos en el templo.

Los hombres son el pilar de los poblados tradicionales de Hong Kong. Ellos nunca lo abandonan, en principio. En cambio, las mujeres cuando se casan se trasladan de una aldea a otra, pues se mudan a vivir en las casas de las familias de sus maridos.

"Mi abuela tuvo mucha suerte, se casó por amor." Me contaba la Srta. Tang emocionada mientras me masajeaba los pies.

"Mi abuelo era diferente. Creía firmemente en sus raíces ancestrales, pero discrepaba con todo el poder y control férreo masculino que tradicionalmente gobernaba estos clanes."

El abuelo Tang estaba enamorado de la abuela Tang y no podía soportar la idea de que tanto ella como su descendencia tuvieran que vivir en ese entorno opresivo. Como las demás mujeres del clan, el nombre de la abuela Tang no aparecía en el libro de familia, un privilegio reservado solo a los varones.

Ellos fueron la primera generación en abandonar sus respectivos poblados para poder construir la vida que querían en un Hong Kong más urbano. El abuelo Tang perdió todos sus privilegios ante una acción tan drástica. Tradicionalmente, cuando nacen los hombres del clan reciben unas tierras donde podrán construir una casa para su familia, lo que constituye una seguridad económica y otorga una calidad de vida que para los abuelos Tang sería difícil de conseguir en el caótico Hong Kong más urbano, que se estaba desarrollando a base de las oleadas de inmigración provenientes de China continental. Ellos no tenían miedo.

El clan Tang es conocido por ser decidido y arriesgado. Les hicieron la vida imposible a los británicos en el año 1898 cuando anexionaron los Nuevos Territorios como parte de la colonia en Hong Kong. En ese año el gobierno del emperador Qing cedió el territorio que iba desde Boundary Street (justo enfrente de Nam Fung Mansion) hasta el río de Shenzhen[56].

Los británicos, con relativa facilidad, se hicieron con Hong Kong en el año 1842 casi por accidente. Una de las versiones de la historia, quizá menos conocida, cuenta que los británicos buscaban un puerto en el que establecer su base para el lucrativo negocio del Opio. Hong Kong en ese momento era una isla de accidentada orografía, apenas habitable, con montañas y jungla que ocupaban buena parte del territorio. Su población era de unas siete mil personas[57], repartidas entre pequeños pueblos de agricultores y pescadores. Piratas, serpientes y algunos tigres también habitaban la isla.

Aunque Hong Kong no tuviera nada que ofrecer, los británicos no necesitaban mucho más. Por eso los ávidos chinos les convencieron de que la isla de Hong Kong era el mejor sitio para establecerse. Para los planes de China, una pequeña isla situada al sur del país, de poco valor, era el mejor lugar desde el cual poder controlar las actividades de los británicos y sus ambiciones colonialistas. Los británicos la tomaron encantados, pensando que les habían hecho un valioso regalo.

Los primeros occidentales que empezaron a vivir en Hong Kong se encontraban aislados, sin apenas nada que hacer[58]. No existían opciones de ocio y vivían retirados en su propio mundo. Sin apenas relación alguna con los chinos, muchos fueron los que buscaban entretenerse con el jugoso mercado de la prostitución que estaba en auge en el territorio. La supremacía y soberbia occidental, así como la gran brecha cultural, hacían imposible propiciar otro tipo de convivencia más sostenible y tolerante entre ambos grupos. Sham Shui Po guarda todavía la cultura del prostíbulo, hoy en día orientada principalmente a clientes chinos. Con la intención de ser discretos, están marcados adecuadamente siguiendo el código local: desde la ventana de mi piso podía ver las luces de color rosa brillando en los edificios colindantes, que indicaban las habitaciones en las que había prostíbulos. Muchos se anunciaban como lugares de masajes. La luz de color rosa chillón era la pista que alertaba al transeúnte. A veces, los extranjeros creen que cualquier lugar de masajes en Hong Kong es un prostíbulo. Por ello la Sra. Daw se había visto obligada a colgar un cartel visible en la entrada del centro, solo en inglés, anunciando: "pure massage, no sex service"[59].

En ese penoso contexto, a los dieciséis años, los abuelos Tang intentaron abrirse camino. Se establecieron en Sham Shui Po y ahí se quedaron. Era en el año 1946. En esa época, el barrio era todavía un puerto pesquero que vivía a un ritmo tranquilo, principalmente dedicado al comercio por su apertura al mar. Los abuelos Tang consiguieron subsistir los primeros años trabajando en un pequeño restaurante situado en el puerto, que tenía como principales clientes a los mercaderes que hacían parada en Sham Shui Po durante sus largos viajes de Oriente a Occidente. Los abuelos Tang escuchaban discretamente sus historias, cuando tenían oportunidad. De ellos aprendieron que el mundo era grande y diverso y que la vida podía entenderse de muchas maneras diferentes. Se dieron cuenta de que había opciones más allá de las rutinas y doctrinas del clan Tang, en sus respectivas aldeas. Eso les hizo fuertes. Por las noches, mientras yacían acurrucados en la pequeña cama de esa mísera habitación que alquilaban en el sótano del restaurante, imaginaban un futuro lleno de posibilidades. Soñaban con la posibilidad de tener su propio negocio, casarse y pronto tener familia.

Los abuelos Tang tuvieron que ser pacientes. La Segunda Guerra Mundial trajo el horror al barrio. El ejército de ocupación japonés construyó un gran campo de prisioneros de guerra[60] que ocupaba una extensa área en Sham Shui Po[61].

En medio de esa tristeza y caos, el restaurante cerró en el año 1948 y se encontraron en la calle. Estuvieron durmiendo a la intemperie unos días, durante los lluviosos meses del monzón. La abuela Tang enfermó. El abuelo Tang, desesperado, acabó llevándola casi arrastras al Precious Blood Convent (寶血女修院), en Un Chau Street (元州邨). Había oído que ofrecían ayuda médica para los pobres además de funcionar como un orfanato para niños abandonados. En el convento, los abuelos Tang descubrieron que, además de sufrir de una pulmonía severa, la abuela Tang estaba embarazada. Éste era, de hecho, el único caso en el que el convento ofrecía cobijo incondicional a los pobres.

Cuando la abuela Tang se recuperó, quiso contribuir y agradecer la ayuda prestada en el convento echando una mano con el cuidado de los niños perdidos. Tener un lugar estable para dormir, al menos por un tiempo, dio al abuelo Tang la tranquilidad para poder buscar una fuente de ingresos sostenible. Ya les habían advertido que, una vez la abuela Tang diera a luz, no podrían quedarse por mucho más tiempo en el convento.

Finalmente, consiguió un trabajo gracias a una de las enfermeras de la abadía quien tenía un conocido que gestionaba una tienda de empeños del barrio.

"Al principio mi abuelo estaba decepcionado con este trabajo. Él soñaba con tener un negocio, con crear cosas que la gente pudiera comprar para su uso personal. En su lugar, estaba comprando y vendiendo objetos de otras personas que necesitaban desprenderse de sus cosas para poder vivir."

Según me contaba la Srta. Tang, entendí que el problema de su abuelo era que le parecía un concepto deshonroso. Un trabajo que incluso le hacía sentirse menos capaz como futuro padre. Aunque no estuviera de acuerdo con los valores patriarcales de su antiguo clan, él había crecido en ese entorno donde las posesiones del clan determinaban el valor y estatus de cada familia.

"Mi abuelo sentía que se aprovechaba de las dificultades de los demás. Y sobre todo le preocupaba qué valores podría inculcarle a su hijo con un trabajo como ese, que fomentaba valores tan distintos." Añadía la Srta. Tang.

El abuelo Tang se pasaba el día evaluando paraguas, zapatos, máquinas de coser, mantas, platos y otros enseres personales que hoy en día podrían parecer de lo más banales, pero que eran de gran valor, sobre todo para los refugiados e inmigrantes que en los posteriores años cincuenta y sesenta se instalaron en masa en el barrio de Sham Shui Po.

Con los meses, descubrió que estaba equivocado y que las casas de empeños jugaban un papel muy importante en la comunidad del barrio. Principalmente porque la regla número uno de los prestamistas era la de no juzgar a los clientes. No se hacían preguntas sobre cuál era la razón de tal empeño. Ni sobre la raza u origen cultural o estatus social de esas personas que venían en búsqueda de dinero. Eso era muy importante en un barrio como Sham Shui Po, que durante tantos años había recibido inmigrantes del Sudeste asiático.

El respeto incondicional empezaba a ser un privilegio reservado solo para unos pocos, en un entorno en el que el colonialismo estaba empezando a crear una importante brecha entre los extranjeros, los chinos ricos, y los pobres. Además, las casas de empeños no pedían ninguna prueba de ingresos. Aunque sus intereses fueran más altos que el de los bancos (un 3.5% por cada mes lunar por un máximo de cuatro meses), la gente confiaba más en ellos y prefería no pedir el dinero al banco. El abuelo Tang empezó a identificarse con toda ese gente anónima que esperaba, de pie detrás de las rejas metálicas y el panel de cristal, a que él evaluara los productos para darles el préstamo merecido.

"La mayoría eran individuos humildes como mi abuelo que necesitaban un poco de liquidez para poder perseguir sus sueños en ese Hong Kong que tantas oportunidades prometía."

Eran prestamistas de sueños. Abrían la puerta a una vida mejor. La gente del barrio les respetaba por ser honestos. Consideraban las casas de empeños como un sitio especial y por esta razón los vecinos confiaban en el trabajador de edad más avanzada del establecimiento[62] para hacer de padrino de sus hijos y efectuar el ritual Child Pawning[63]. Así el veterano prestamista cogía al niño en brazos y caminaba en círculo alrededor de la tienda. Creían que eso garantizaba la buena fortuna del retoño. Sobre todo sellaba el matrimonio, reconociendo que el hijo que tenían en común era su más preciada posesión.

Al abuelo Tang le tocó hacer el ritual solo una vez, a los pocos meses de trabajar en la tienda. Fue algo muy emotivo para él. Era la primera vez que tenía a un niño en sus brazos, me explicaba la Srta Tang:

"Mi abuela perdió al hijo que esperaban y no volvió a quedarse embarazada hasta enero de 1954, año en el que dio a luz a mi padre."

Esto fue justo un año antes de que cerraran los amarres de Sham Shui Po por completo y el gobernador de Hong Kong ordenara ganar terreno al mar para urbanizar más allá de las fronteras naturales marítimas que le pertenecían.

Yo había escuchado alguna vez en el barrio que el significado de Sham Shui Po en inglés era "Deep Water Pier" por tener el puerto unas aguas más profundas que algunas de las playas de Hong Kong. Cerrar el puerto y cubrirlo de arena fue un trabajo de gran envergadura. Pasaron un par de años antes de que pudieran iniciar la construcción de nuevos edificios.

"Mi abuela seguía trabajando en el convento. Estaba tan comprometida que quisieron que se quedara ayudando aunque hubiese perdido a su primer hijo y ya no necesitara auspicio. Con sus dos sueldos habían alquilado una nueva habitación y vivían en mejores condiciones que cuando trabajaban en el restaurante."

Eso permitió a los abuelos Tang sobrevivir a la incertidumbre que vino con el cierre del puerto. Sham Shui Po dejó de ser un barrio dedicado al comercio y sus habitantes tuvieron que reorganizarse para encontrar nuevos sustentos económicos. Así es como empezó a florecer la industria textil que tanto le caracterizaba. Había excedente de mano de obra en la zona hasta el punto que Sham Shui Po se convirtió en uno de los distritos con más actividad económica de la colonia. Esto también atraía cada vez a más inmigrantes. Los niveles de superpoblación eran inimaginables. La gente vivía en improvisadas chozas que se organizaban alrededor de espontáneas comunidades, aglomeradas cerca de alguna fuente de agua cercana. Para poner fin a la crisis económica que acompañaba estos asentamientos, el gobierno empezó a construir viviendas de protección oficial.

"Mei Ho House (美荷樓)[64] fue el primer edificio de este tipo en erigirse en la zona, también en el año en que nació mi padre. Al tener un bebé recién nacido en la familia, mis abuelos tuvieron prioridad y consiguieron al fin tener un hogar propio y decente en el que formar una familia."

Joanne había empezado a relajarse y escuchaba con atención la bonita historia de amor, fe y superación de los abuelos Tang. Estaba descubriendo muchos secretos de Hong Kong que no conocía. Además, el relato le generaba excitación sobre todo porque casi le hacía volver a creer en el amor, como algo posible en la vida real. Y no un recurso de esas comedias coreanas que tanto le gustaban.

Joanne perdió la virginidad cuando tenía veinticinco años con un chico que era amigo de la familia. Él acabó siendo su marido, del que se divorció después de un largo matrimonio, dos años antes de que ella y yo nos conociéramos. Nunca tuvieron hijos.

"Yo nunca quise casarme con él. Pero silencié este sentimiento durante muchos años. Esperando quizá enamorarme de él algún día. Yo le quería, los años conllevan cariño. Él era una buena persona, se preocupaba por mí, me cuidaba y me respetaba… Pero era un matrimonio fallido desde el primer día."

La familia de Joanne nunca había impuesto el matrimonio, pero sí que la presionaban para que no acabara soltera. Hubiese sido una deshonra para la familia. Lo que es más importante aún: su madre creía que Joanne nunca podría sobrevivir sin un hombre a su lado. Algo que parecía incomprensible pues ella lo había hecho cuando se mudó a Hong Kong con sus hijos para construir una vida desde cero después de la muerte de su marido. Quizá porque para su madre la muerte era algo impuesto y la decisión de Joanne era una elección.

Antes de casarse, solo había tenido un novio, a los veintitrés años. Su único amor verdadero, según ella me había confesado. El chico era italiano y se conocieron justo unos meses antes de que ambos acabaran sus estudios. Sus respectivas lealtades convirtieron esa relación en imposible. Para Joanne, el compromiso de volver a Hong Kong era demasiado fuerte. Para el chico, su familia era importante y no podía imaginarse viviendo alejado de sus padres y hermanos por mucho más tiempo. Quería volver a Italia al finalizar su licenciatura en Londres.

Nunca llegaron a tener relaciones sexuales. Se besaban a veces, otras simplemente pasaban tiempo juntos. Para Joanne, el sexo no era algo divertido, ni lo quería demasiado. En el entorno de amistades que había dejado en Hong Kong, era un tema tabú. Y este era también el único asunto que nosotras nunca abordábamos. Yo sabía que ella no aprobaba el juego que Rob y yo compartíamos, pero nunca me lo decía. Me escuchaba durante horas cuando le contaba los constantes retos en los que yo me veía inmiscuida al intentar comprender cómo se construía una dinámica casual entre dos personas.

"No tengo ni idea de lo que estoy haciendo."

Le decía yo a veces. Cuando yo sola me volvía loca intentando descifrar mis sentimientos y los de Rob. ¿Me estaré enamorando? Me preguntaba a menudo. ¿O es solo sexo, buena compañía y diversión? ¿Cómo voy a saberlo? A veces quiero verle todo el rato, otras me agobio pensando que llevamos tres días sin escribirnos y que lo que tenemos se está acabando. En otros momentos, el deseo que siento hacia él es tan grande que cruzaría corriendo hacia la isla para verle, besarle y acostarme con él.

Por suerte, yo veía muchas imperfecciones en Rob. Pensaba que eso era bueno, porque así seguro que no me enamoraba de la persona equivocada en el momento equivocado.

Cuánto más tiempo pasábamos juntos, más quería yo que él fuera diferente. Que fuera un poco más como mi ex.

Cuando chateaba con mis amigos en occidente, me decían que me lo tomara con calma, que disfrutara…

Mientras que Joanne, evitando cualquier referencia al sexo, siempre me recordaba que tenía que poner un objetivo a esa relación:

"Ha pasado ya un tiempo desde que tu ex se fue y, si no he perdido la cuenta, Rob y tú lleváis más de 8 meses con este juego. ¿A qué estás esperando? Si te gusta tienes que decírselo. Tenéis que hablar y dar un paso adelante en la relación."

Joanne no me juzgaba. Ella sabía que para mí también era un problema de confianza. La decepción con mi ex había sido tan grande que yo no me fiaba ni de mi propia sombra. No quería que me volvieran a hacer daño, ni volver a pasar el desierto que conllevan las rupturas. También me apetecía estar sola, tomarme algo de tiempo, conocer a más chicos, explorar y experimentar cómo era la vida al lado de gente diferente.

Más importante aún. Esta era una gran oportunidad para crecer. La relación estable que había tenido con mi ex me había despojado de la posibilidad de desarrollarme sexualmente como mujer. Algo que solo empecé a comprender cuando llevaba tres meses acostándome con Rob.

Para Joanne, el sexo era más una obligación de pareja, porque el chico siempre lo quería, más que un juego del que ella podría participar en igualdad de condiciones. O incluso tomar la iniciativa. Para mí se había convertido en un vehículo para reconectar con mi identidad y mi cuerpo. Y sobre todo para perder el miedo a confiar en el, a veces aterrador, sentimiento del dejarse llevar. Con Rob crecí y, aunque de vez en cuando tuviera citas con otros chicos, siempre volvía a él para las conversaciones serias o para la buena compañía.

Con él también perdí cierta ignorancia que me frenaba comprender cómo funcionan las relaciones entre dos personas. Ahora que estaba menos herida y que la ruptura quedaba un poco más lejos, era capaz de separar las cosas y analizar con claridad el pasado con mi ex. Él había hecho muchas cosas bien durante los años que habíamos estado juntos.

Había sido extremadamente cariñoso y siempre se preocupaba por mí. Era cierto que el trabajo le tiraba más que nada, pero durante nuestro día a día, constantemente tenía pequeños e inconscientes detalles que demostraban que su mayor preocupación era que yo estuviera bien. Sabía también que mi ex hubiese dado su vida por mí. Siempre que lo hubiera necesitado me hubiese protegido aunque eso hubiese supuesto un riesgo para su propia vida. Era doloroso recordar ese compromiso por su parte y saber que, aún así él se había marchado. Pero ahí es dónde la cosa se ponía interesante. Al final, yo había entendido que no era una cuestión de lealtad sino de honestidad consigo mismo, conmigo y con la relación. Era finalmente libre de mi ex, de nuestro amor y del dolor de la ruptura. ¿Qué lugar ocupaba Rob en todo esto?

Muchos de estos pensamientos fluían por mi mente mientras la Srta. Tang seguía torturando diferentes partes de mi cuerpo. Pensaba cómo y por qué los abuelos Tang habían mantenido su amor incondicional. ¿Cómo lo habían hecho mis padres para sobrevivir juntos durante tantos años? ¿El matrimonio Wu, Pedro o Sr. Yu -el portero de la noche-...?

Espontáneamente abrí los ojos, miré a la Srta. Tang que estaba de pie justo detrás de mi cabeza, masajeando mis hombros, y le pregunté sin tapujos:

"¿Tienes pareja?"

La Srta. Tang se sonrojó. Yo me sentí mal por haber sido tan directa. Sabía que no estaba casada porque en chino se había presentado como xiaojie (小姐), el equivalente a señorita y que se usa sólo cuando se trata de una mujer soltera. El idioma chino es muy estricto para estas cosas.

"No estoy buscando pareja desesperadamente...Tengo treinta años."

¡Yo suspiré! A la Srta. Tang le preocupaba tener sólo treinta y yo era todavía mayor. Ya me estaba agobiando otra vez... imagino que tensé el hombro porque al manipularlo ella pegó un tirón y yo solté un grito.

"¡Relájate!" Añadió.

La Srta. Tang no lo había tenido fácil en relaciones anteriores. Había encontrado a chicos que le gustaban y la hacían feliz, pero todos la habían abandonado antes de casarse. Discrepaba en algo crucial para muchos de esos varones: ella no tenía ninguna prisa en tener hijos. Quería una familia, pero el negocio de su pequeña peluquería era prioritario. No podía quedarse embarazada y tener que dejar de trabajar durante unos meses para dar a luz y cuidar al bebé. Pasar tantas horas de pie tampoco era una buena idea para una mujer embarazada. Los chicos con los que salía esto no lo entendían. Para ellos estaba todo planificado, y después del matrimonio tenían que engendrar el primer hijo inmediatamente.

La Srta. Tang se había salido del guión. Quería una vida en familia como la de sus padres y abuelos, pero a su vez quería levantar un exitoso negocio. Por ahora en esa pequeña peluquería no había espacio para que sus abuelos se sentaran a pasar el rato mientras ella trabajaba.

"Mis padres querían que yo tomara las riendas de la casa de empeños que ellos heredaron de mi abuelo y que todavía regentan. Pero a mí siempre me ha gustado el mundo de la belleza. Me gusta crear peinados, experimentar."

La Srta. Tang decepcionó a la familia cuando se negó a ir a la universidad y en su lugar estudiar un curso de peluquería y maquillaje.

"Mi familia no comprende nada de lo que estoy haciendo. Piensan que me estoy convirtiendo en una persona extraña y que no entiendo lo que significa la felicidad."

Se acercaba hacia mí y me enseñaba su delicada pero fuerte muñeca.

"Mi madre me ha regalado esta pulsera con el signo de la doble felicidad [65] para que me sirva de amuleto y me ayude a encontrar una pareja. Dice que estoy perdida." Me miraba con tristeza cuando lo dijo.

"¡No estás perdida!" Interrumpió Joanne de golpe, incorporándose casi por completo de la camilla.

"Estás teniendo la oportunidad de crecer y conocerte a ti misma sin tener que comprometer nada. Los treinta son los mejores años para progresar y crecer. Es ese momento único en la vida en el que te conviertes en un adulto de verdad y te conoces a ti misma. Y tienes la libertad de hacer esto por tu cuenta, mientras construyes tu negocio. ¿Por qué tienes tanta prisa?"

La Srta. Tang intentó interrumpir a Joanne con un tímido "Pero…"

Joanne no la dejó continuar.

"Ya sé lo que me vas a decir… tu valioso brazalete con el símbolo de la doble felicidad habla de la felicidad como único resultado del amor entre dos personas. Así entendemos la buena fortuna china." Sonrió mientras levantaba la mirada, con su característico gesto.

"Cuando llegue el momento podrás compartir toda esta sabiduría que has adquirido sobre la vida y sobre tú misma con alguien que merezca la pena y que esté dispuesto a esperar o que se anime a volar y saltar cuando la vida lo requiera. Esto es la felicidad… éste es el verdadero significado de la esperanza. Así crecemos con ella."

Yo también sonreí… estaba orgullosa de todo lo que mi amiga estaba compartiendo con la Srta. Tang… En el fondo, el mensaje de Joanne, intencionadamente, también iba para mí.

"¡Ya estamos!" Soltó la Srta. Tang. Me dio un par de golpes por toda la espalda.

Y salió de la habitación junto con su compañera para que pudiéramos vestirnos.

"Pásate un día por la peluquería para que te corte el pelo." Me dijo antes de desaparecer tras la cortina.

Joanne y yo dimos un lento y reparador paseo por Sham Shui Po antes de separarnos y volver a nuestras respectivas casas.

No hablamos de nada. Tampoco prestamos atención a las tiendas del barrio. Normalmente no podíamos andar más de veinte metros sin entrar en una tienda y volvernos locas tratando de hacernos con alguna cinta, botón o retal de tela que todavía no teníamos. Creo que las dos estábamos procesando la profunda conversación con la Srta. Tang.

Yo tenía mi mente ocupada pensando en el punto de vista sobre la felicidad y el papel que juega esa otra persona en ayudarnos a navegar por las incertidumbres de la vida. Siempre había intentado rodearme de gente que fuera lo bastante valiente para levantar la voz y decirme cosas que a veces no quería escuchar. O para decirme esas cosas que me ayudarían a saltar, cuando he tenido miedo a hacerlo a solas. En ocasiones, más que fuerza lo que necesitamos es la comprensión de alguien a quien queremos.

La amistad o el amor son en realidad muy parecidos. Cada vez que Joanne había sido así de directa conmigo, lo que estaba haciendo era confiar en la fortaleza de la amistad que compartíamos para decirme lo que ella creía que yo necesitaba escuchar en ese momento. Cada vez que tomaba el riesgo de la honestidad, estaba honrando el compromiso que teníamos de querer crecer juntas. Incluso cuando tal gesto podía poner en riesgo nuestra amistad. La honestidad requiere valentía. No siempre podemos predecir cómo se sentirá la otra persona o cómo reaccionará ante nuestros comentarios.

Durante ese paseo, me di cuenta de que mi ex me había odiado a menudo por ser veraz con él. Había sido honesta porque le quería. Y las personas que no entienden o aprecian eso de la gente que las rodea, siempre pensarán que las estás juzgando y te culparan por ello.

El silencio entre Joanne y yo, así como mis profundos pensamientos se rompieron cuando nos dimos de bruces con el matrimonio Lin. Acababan de cerrar su lavandería Radiant Glow y se disponían a volver a su casa a descansar, después de una larga jornada.

"Hace semanas que tienes ese bonito vestido listo." Me recordó maternalmente la Sra. Lin.

Se lo había llevado a lavar después de una calurosa noche de cena y cocktail con Rob. Era uno de mis vestidos de fiesta favoritos. Lo había hecho yo misma con una bonita seda que había comprado en Vietnam y requería limpieza en seco.

Quizá era pereza. La lavandería del matrimonio Lin tampoco era la que me quedaba más cerca y todavía no había encontrado el momento de pasar a recogerlo. Estaba situada al final de Tainan Street, llegando a la parada de metro de Prince Edward. Justo enfrente de casa tenía tres lavanderías más. Parecían gente amable y de fiar y, por supuesto, sería mucho más fácil si usara sus servicios en lugar de tener que ir hasta el local del matrimonio Lin. Pero en cuestión de lavanderías, creía que la lealtad era lo más importante. Te casas con ellas para el resto de tu vida. No sé si es por el hecho de que tienen acceso a tu intimidad y se encargan de limpiar tu ropa de cama. También es un servicio que se usa a menudo, al menos varias veces a la semana.

La Sra Lin hizo el esfuerzo de aprenderse mi nombre. Se lo deletreé unas cuantas veces durante las primeras semanas. Ese nombre mediterráneo no tenía ningún sentido para sus oídos chinos. Pasado un mes y medio, dejé unas toallas de camino a una de mis clases de yoga, me sorprendió adelantándose. Cogió el rotulador permanente de color rojo, y escribió rápidamente mi nombre en la bolsa.

"¡Me acuerdo!" Me dijo sonriendo y satisfecha.

Por descontado, yo no iba a desaparecer ahora y cambiar de lavandería.

Habitualmente, el matrimonio Lin limpiaba sólo mis sábanas y toallas. Del resto de mi ropa, se encargaba mi lavadora. La dejaba secar colgando del pequeño tendedero al lado del deshumidificador. Esto es un privilegio en muchos hogares de Hong Kong, pero sobre todo en Sham Shui Po. Al ser uno de los barrios más humildes de Hong Kong, muchas familias no invierten en la compra de una lavadora. Los pisos son antiguos y subdivididos en muchas unidades. A menudo tampoco hay espacio para una lavadora. Los pocos habitáculos afortunados no tienen otra alternativa que tender la ropa desde la ventana, en varas de bambú, decorando de manera característica las fachadas del barrio.

El matrimonio Lin emigró desde la China continental a Hong Kong hacía más de treinta años, justo después de casarse. Sus dos hijos nacieron en Hong Kong. Tenían en ese momento veinticinco y veintiocho años respectivamente. Habían acabado sus estudios y estaban deseando casarse y formar una familia.

"La vida era mejor cuando Hong Kong pertenecía a los británicos." Me dijo un día la Sra. Lin cuando me contaba todos los problemas que sus hijos sufrían al intentar encontrar un piso en Hong Kong.

La dimensión estándar de los pisos va reduciéndose a pasos agigantados. En 2013 era de treinta y nueve metros cuadrados. En 2017 había bajado a treinta y dos metros cuadrados como media[66]. En la mayoría de barrios, construyen altas torres de edificios con diminutos pisos que parecen muy modernos, pero que básicamente constan solamente de un baño de tamaño ridículo, una cocina en la que solo puede estar de pie un miembro de la familia a la vez, y un comedor/habitación que también tiene que reservar espacio para la nevera que no cabe en la cocina.

Aunque la Sra. Lin fue una emigrante, para ella Hong Kong estaba ahora demasiado masificado. Después de la retrocesión a China, ella creía que se había perdido el control de la situación. Dejaban entrar a tantos chinos continentales como quisieran bajo ese confuso modelo de un país, dos sistemas. Simplemente no había espacio para todos, me decía.

"Trabajamos demasiadas horas. Yo estoy siempre cansada y en mi negocio hay mucha competencia. Mi marido y yo queremos emigrar a Australia."

Le pregunté si tenían familia en ese, para mí lejano continente (Australia es literalmente las antípodas de España). La Sra.Liu negó con la cabeza… pero ella soñaba con una mejor calidad de vida. No la veía posible en su natal China continental, y en Hong Kong, sin los británicos poniendo orden, no veía futuro.

"Quizá para ti es difícil de entender pues no tienes familia todavía." Argumentaba la Sra Lin.

Cuando tienes hijos, la felicidad se mide de otra manera. Quizá dejas de tener tiempo para muchas cosas. ¡Pero qué más da! Ver crecer a tus hijos a diario cambia tu orden de prioridades. Yo tenía esperanzas en el futuro de Hong Kong cuando mis hijos eran más pequeños. Pero ahora que ellos ya van a tener su vida, no le veo sentido a quedarme aquí. La falta de dirección occidental ha descarrilado nuestras vidas. Simplemente en Hong Kong no hay espacio para todos. Somos demasiados y no hay por donde crecer.

Hong Kong es uno de los territorios más densos del planeta, con seis mil seiscientas cincuenta y nueve personas por quilómetro cuadrado[67]. Al límite de Nuevos Territorios está la frontera con China, el resto es todo agua. Por mucho que Hong Kong le gane terreno al mar constantemente, no es suficiente.

第七章

¡Aye, Aye Sir!

Londres me parecía una ciudad que se resistía. Se dejaba y no se dejaba querer. Igual que Pekín.

"Pekín es como una mala amante. ¡Es adictiva! Te atrae tanto que no la puedes dejar ir aunque sepas que no es lo ideal para ti y, a su vez, la rechaces. Sabes que no la quieres y que vas a tener que abandonarla pronto." Así la describía uno de mis amigos en la ciudad.

Hacía ya un año que vivía en Londres con Rob. Juntos abandonamos Hong Kong con la idea de dar un paso más en la relación y, si la cosa iba bien, pensar en formar una familia. Rob era un espíritu libre, pero estaba convencido que el único sitio donde echar raíces tenía que ser occidente y su Londres natal. Yo lo veía como una contradicción, pero accedí. Estaría más cerca de mi familia en Barcelona. Había vuelto, por fin, a mis orígenes. Intentaba razonar sin encontrarle mucho sentido.

En Londres, mi identidad se perdía. No servían mis raíces mediterráneas ni mi paso por Asia. Mi manera de afrontar la vida en Hong Kong no se podía reproducir en occidente. Visualmente el impacto me parecía aterrador. ¿Dónde estaban los caracteres chinos por la calle? ¿Y el bonito sonido de fondo de la gente hablando chino? ¿Y dónde estaban los chinos? La gente era diferente, actuaba diferente, vestía diferente, hablaba diferente y hasta se movía diferente.

Cuando paseaba por el centro y advertía a lo lejos las encantadoras tonalidades de la lengua china, me giraba súbitamente buscando al propietario. Sus rasgos asiáticos me tranquilizaban y me proporcionaban el sentimiento de protección que buscaba al sentirme tan extraña en esa metrópolis, que parecía no ser de nadie más que de los Londoners[68]. Una categoría particular de habitantes, que de alguna manera, ya no eran de ninguna parte y se habían convertido en inquilinos de esta ciudad de ciudades con reglas de convivencia inadvertibles y únicas.

A diario pensaba en Hong Kong, mi vida en Sham Shui Po y mi piso en Nam Fung Mansion, mis vecinos… Visualizarlo me producía una sensación de confort colosal. Me hacía sentir segura y protegida. Lo echaba tanto de menos, que me costaba entender de dónde provenía este encantador lazo y por qué no sabía deshacerme de él.

Desde nuestra habitación en Londres, cuando todavía estaba en la cama y acababa de despertarme, a menudo, mi cerebro me engañaba y por unas milésimas de segundo que parecían eternamente dulces tenía la sensación de que Sham Shui Po yacía esperándome al otro lado de la ventana. Podía percibir Hong Kong con todos mis sentidos. Sus ruidos, olores, el calor, la humedad, su gente, y mi corazón estremeciéndose por ese desahogo que parecía inalcanzable en Londres. Me daba cuenta de que en Hong Kong nunca escuchaba música o podcasts cuando estaba en la calle. Lo evitaba porque la melodía de sus calles me estimulaba. Desde que había llegado a Londres, apenas podía pasar un segundo sin alcanzar mis auriculares y poner en marcha algún sonido en Spotify[69] que anulase el sin sentido de sus calles.

Hong Kong era parte de mi pasado y tenía que dejarlo atrás. Solía ser uno de esos madrugadores e inconscientes gemidos o movimientos a duerme vela de Rob lo que me trasladaba a la realidad. Otras veces, lo que me recordaba mi nueva localización geográfica era el rítmico sonido de la ansiosa patita del gatito de la buena suerte que otro de mis porteros, Jackie, me regaló para que me trajera buena suerte, cuando me fui de Hong Kong. Esto solo pasaba cuando teníamos la suerte de que el sol luciera en Londres y alguno de sus débiles rayos se colasen entre las persianas, activando el sensor solar que éste llevaba equipado para evitar tener que usar baterías contaminantes.

"Me ha llevado mucho trabajo encontrar un gatito con sensor solar." Me dijo Jackie con alegría. Le preocupaba no hacerse con uno a tiempo antes de mi partida.

"Es un invento Japonés pero la maquinaria está fabricada en China." Apuntaba con precisión mientras me enseñaba, orgulloso, su funcionamiento.

Lo acercaba y alejaba de la luz constantemente para que yo viera como tomaba movimiento y cuando se ponía en modo reposo.

A menudo, mientras recordaba las dulces explicaciones de Jackie, podía casi olfatear en la distancia el fuerte olor a naftalina que siempre llevaba consigo. De hecho ya desde el ascensor, y antes de llegar al rellano y ver a quién le tocaba el turno, yo ya sabía que se trataba de Jackie. Es curioso que, independientemente de la marca, toda la naftalina tiene el mismo olor, la portería de Nam Fung Mansion olía igual que los cajones de mi abuela, en Barcelona. Se hacía especialmente intenso cuando Jackie vestía su grueso plumífero en los pocos días invernales en los que las temperaturas bajaban a unos 10 grados centígrados.

"¿Sabes…? esta chaqueta es un plumífero de verdad. ¡Con plumas de pato de verdad! No como los que hacen hoy en día. Es muy caliente. La compré hace 50 años en Alemania."

Jackie no se arriesgaba a coger un resfriado y se blindaba ante el frío. Además de la chaqueta, se cubría las piernas con una manta, bien envuelta y pegada al asiento para retener el calor. También llevaba guantes y guardaba sus manos debajo de la manta. Se quedaba sentado, bien quieto, intentando sobrellevar las largas noches de invierno. Sólo quitaba las manos de debajo la manta para abrir la puerta a determinados vecinos. Por suerte no tenía que levantarse cada vez y apretaba el interruptor situado encima de la mesa. Esperaba que el resto de residentes abrieran la puerta ellos mismos, marcando el código asociado al interfono y que todos los vecinos conocíamos. Algo que solía resultarle frustrante:

"Tú eres la única que se sabe el código de memoria. El resto de vecinos no lo recuerdan nunca." Soltaba su habitual carcajada, que indicaba que acababa de dar en el clavo… y que simplemente se resignaba ante la incapacidad de las personas para hacer el esfuerzo de memorizar el código que abre la puerta de su propia casa.

Jackie nunca mostraba resquemor ante las situaciones más frustrantes de la vida. Curiosamente tanto él como el resto de mis queridos vecinos en Sham Shui Po, se tomaban la vida con un sabroso sentido del humor.

El día que me regaló ese bondadoso gato de la suerte, también me entregó dos pequeñas figuritas para mi madre, a quién había conocido durante los viajes que ella había hecho para visitarme. Los amuletos pertenecían a una leyenda china y representaban ayudantes de Dios: el ayudante financiero y el guardián de la felicidad.

"Podría haberte regalado un lingote de oro, pero claro, sería problemático para tu madre en las aduanas españolas… Porque no te creas, un lingote de oro yo me lo podría permitir…"

Seguido de su característica carcajada, añadió:

"He pensado que, en su lugar, estas figuritas son más modestas y más prácticas para viajar."

No sé si a Jackie realmente le sobraba el dinero. Era astuto, y con el tiempo descubrí que había sido un gran hombre de negocios. No tenía ningún resquemor en ser portero pero si pudiera dejaría su trabajo en Nam Fung Mansion y trabajaría en otro edificio.

"¡No me gusta este sitio, es una portería inmunda!" Me decía a menudo.

Ni siquiera hay lavabo para los porteros y tenemos que hacer nuestras necesidades en la calle.

Me desveló un día mientras señalaba la pantalla del ordenador, que mostraba lo que revelaba la cámara que apuntaba al callejón trasero del bloque Nam Fung Mansion. Yo desconocía que éstas eran las condiciones en las que trabajaban.

"Por la noche, es oscuro y bueno… todavía vale. ¡Pero durante el día hay demasiada luz!"

Indicaba con razón que la calle no era el mejor sitio para usar de lavabo."

"Además, mira… ¡todo está lleno de polvo aquí!"

Se levantó, cogió un Kleenex y lo humedeció con un poco de agua. Como si yo ya no estuviera ahí, empezó a frotar la puerta de cristal de la entrada. Jackie era a veces un poco misterioso y yo no sabía si para él la conversación se había terminado. Dudaba si era ya el momento de dirigirme al ascensor e ir a mi casa, pero añadió:

"No soporto las huellas."

Esperé por si añadía algo más, mientras salía por la puerta una vecina que yo no conocía. Jackie rápidamente anotó que ésta tenía lazos familiares en Suiza y que hablaba alemán perfectamente… De repente, soltó unas palabras en alemán que yo no tenía ni idea qué querían decir. Tampoco yo sabía que él hablase esa lengua.

A Jackie le gustaba el misterio, ese día no iba a desvelar cómo y dónde había aprendido alemán. Se sentó en su silla y me dijo:

"Cuídate, nos vemos mañana."

Me fui a mi casa a cenar y descansar. Con el tiempo, me había acostumbrado a su atractiva manera de mantener el suspense.

En Sham Shui Po, yo quería a todos mis vecinos por igual. Pero ahora que estaba en Londres, las andanzas de Jackie venían a mi mente más a menudo.

Él era un hombre de mundo, literalmente. Se mudó al Reino Unido con sus padres cuando tenía trece años. Estudió ingeniería en la Universidad de Bristol. A finales de los años 60 y durante su último año universitario, Jackie decidió ingresar en la Armada Territorial británica (Territorial Army, TA)[70] para unirse al cuerpo de voluntarios del ejército británico. Su primer destino fue Alemania, de ahí sus habilidades lingüísticas.

"Mi capitán en la TA me recomendó que pidiera un estacionamiento en Alemania si quería encontrar chicas alemanas."

Me contó sonriendo en uno de esos relatos sobre su vida que él iba soltando con cuenta gotas y sin ningún orden cronológico para asegurarse que mi interés no decaía.

A veces podía pasar hasta una hora de pie al lado de la puerta de entrada al edificio, a su lado, escuchando sus historias y reflexiones sobre la vida. Como el espacio era bastante estrecho, cuando un vecino entraba o salía, yo me apretujaba contra la pared intentado dejar paso, y tiraba de la puerta para abrirla.

"Voy a tener que pagarte algo al final. Estás haciendo mi trabajo."

Jackie era un seductor nato, y su pasado militar le delataba, a menudo.

"Cuando veas este cartel, quiere decir que estoy 'On Patrol' (patrullando)."

Se refería a un trozo rectangular de cartulina verde con letras de color negro pegado a la puerta de entrada. Yo había deducido su significado con el tiempo. Al estar en chino tradicional, no podía descifrarlo, pero tenía sentido, pues cada vez que veía el cartel, Jackie no estaba.

"¡Yes, Sir! (¡Sí señor!)"

Fue la respuesta que me vino a la cabeza inmediatamente al oír la palabra "on patrol" y al ver a Jackie hablando con esa rigurosa actitud de servicio y compromiso con su labor.

"Como dicen los marines americanos: ¡Aye, Aye Sir!" Me corrigió.

No me dio tiempo a añadir nada más. Cogió la linterna, me deseó buenas noches y tomó las escaleras para hacer su ronda, rigurosamente, piso a piso.

A los 18 años, antes de ese estacionamiento en Alemania, se casó con una chica británica. Al parecer su padre ya le advirtió de que esa relación no iría a ningún sitio, pero Jackie no hizo caso alguno a las recomendaciones paternas…

"Era demasiado joven. Mi padre también me dijo que no la dejara embarazada… y yo, pasados unos meses, la dejé embarazada… claro en esas circunstancias tampoco tuve el coraje de decírselo a mi padre."

Tardé un tiempo en descubrir qué había pasado con su primera mujer y su hija. Jackie lo guardaba para otra futura historia, cuando me contó que finalmente se divorció y que ahora solo volvía al Reino Unido, cuando podía, para ver a su hija. Normalmente en Navidades. Su estacionamiento en Alemania, fue una manera de escapar de ese fallido matrimonio.

Quizá Jackie puso demasiadas expectativas en las mujeres alemanas, pero su plan no funcionó. Harto de buscar el amor sin éxito, a principios de los años 80, se mudó a Pekín, después de aceptar un trabajo como representante de una empresa nuclear. Vivía en el famoso Grand Beijing Hotel. Era considerado uno de los más exquisitos hoteles en Asia a principios del siglo XX, cuando se construyó durante el mandato de la Dinastía Qing. El Grand Beijing Hotel fue testigo de grandes cambios históricos y políticos en la capital china. Fue tomado por la ocupación Japonesa durante la Segunda Guerra Mundial. Posteriormente en 1949, con el establecimiento de la República Popular China, se celebró un banquete de honor con Mao Zedong y altos mandatarios del Partido Comunista Chino.

El momento crucial, y ahí estuvo Jackie para presenciarlo, fue en los años setenta y principios de los ochenta, durante el movimiento de reforma y apertura china liderado por Deng Xiaoping, cuando Jackie se hospedó en el hotel. Por aquel entonces, el hotel servía de oficina de representación y residencia para la mayoría de las corporaciones, diplomáticos, delegaciones internacionales y hombres de negocios que tenían relaciones con China.

China Continental nunca cautivó a Jackie. Él era hongkonés hasta la médula. Y eso quería decir que en el otro lado de la frontera eran menos civilizados que en Hong Kong. No simpatizaba para nada con su estilo de vida.

"La civilización humana es una cosa, pero ser civilizado es otra."

Jackie lamentaba que yo no hubiese nacido antes y no hubiese podido experimentar la vida en Hong Kong durante la ocupación británica.

"¡Llegas tarde! En ese momento nuestra sociedad era mucho más civilizada."

Por aquél entonces, los "gweilo" (鬼佬)[71] -así se refería Jackie a los extranjeros- vivían en Mid-Levels. Con el tiempo se fueron diversificando y habitando diferentes zonas del territorio. Antes de que eso pasara, la sociedad hongkonesa era muy amigable, me decía.

"Estábamos muy unidos, hacíamos frente común y nos tratábamos como amigos. Ha empeorado. Ahora pasamos los unos de los otros… Y con el movimiento Occupy Central[72] de 2014 ha ido a peor todavía, porque ha dividido la sociedad completamente, e incluso ha llegado a fragmentar profesores y estudiantes en la universidad."

Jackie condenaba, por ejemplo, que él nunca había intercambiado ninguna palabra con los demás porteros de Nam Fung Mansion, aunque hiciera el cambio de turno con ellos habitualmente. Algo que a mí me costaba comprender pues mi vida en Sham Shui Po había sido tan fructífera y agradable gracias a las desinteresadas conversaciones y cariño de la gente del barrio.

Curiosamente, yo pensaba que era en Londres donde me sentía completamente alienada y lo atribuía a la cultura anglosajona, tan fría y pragmática si la comparaba con la mediterránea.

A medida que iba conociendo a gente en Londres y que compartía mi experiencia de vida durante tantos años en Hong Kong y Pekín, muchos se sorprendían de que hubiese conectado con los chinos e incluso forjado amistades tan profundas. Para los caucásicos (como se refería a ellos mi querida Joanne), los chinos eran gente fría. Probablemente creían que eran tan fríos como a mí me parecían los Londoners. Yo no me cansaba nunca de explicares a esos caucásicos que los chinos no se andan con historias. No pierden el tiempo poniéndose una máscara y pretendiendo ser amables cuando en realidad no tienen ningún interés. Ellos son honestos y naturales. Además, la autenticidad es a veces difícil de sobrellevar. El cariño había que forjarlo con tiempo, demostrando confianza, credibilidad y bondad. Y claro, esto requería dedicación hacia el opuesto y desconocido ser humano. Regla de oro tanto en el trabajo como con las relaciones personales. Aquellos extranjeros que teníamos el interés de llegar a conocer a alguien, quizá conseguiríamos finalmente fraguar relaciones duraderas. Probablemente, la realidad es que los chinos reservan este tipo de relación solo a unos pocos. Yo sentía que su fundamento era el de la de una relación de confianza veraz y duradera. Eso no podía acelerarse, debía seguir su curso natural. Para los demás seres humanos, se basaban en relaciones prácticas y no invertían el mismo nivel de energía.

En Londres a menudo me encontraba gente que pretendía ser amable, pero que detrás de esa máscara se escondía poca iniciativa o voluntad de cumplir con esas promesas de bondad de las que tanto habían hablado durante las primeras interacciones. Era como si no quisieran ser juzgados de buenas a primeras por ser ariscos y preferían ser sociables. Yo nunca había sido una persona naif desde ese punto de vista. Por mucho que estuviese enamorada de mi vida en China y de su cultura, no había olvidado que los chinos son uno de los pueblos más ávidos del planeta, que las negociaciones con ellos eran de lo más complejas e imprevisibles. Siempre estaba sucediendo algo entre bambalinas y aprendí mucho de ellos. Además tenían algo en común con el mediterráneo y era la naturalidad en el trato con las personas. Si no les gustabas, no perdían el tiempo disimulando.

Antes de dejar Pekín, Jackie había puesto en marcha una fábrica de bombillas que abastecía a empresas europeas.

"¡Hice mucho dinero! Por cada bombilla ganaba 1 dólar americano y en cada contenedor enviaba unas sesenta mil bombillas."

Solo tenía que hacer los números …

Como Jackie era ingeniero, enseñó a sus trabajadores a fabricar las bombillas. Y decidió regresar definitivamente a Hong Kong, en el año 1997, coincidiendo con la bajada de la bandera británica. Así puso fin a sus viajes como militar, primero, y empresario después.

"Soy más mayor de lo que crees… esto es porque cuando estaba en la armada hacía mucho ejercicio y por esto me conservo así de bien." Sonrió pícaramente, como era habitual.

Acercó la mano derecha a su desgastada gorra de visera de color azul oscuro con el logo de una gran empresa fabricante de bombillas que llevaba cada día, la levantó ligeramente y dijo:

"¡Soy calvo!"

Jackie encontró el amor en Singapur a mediados de los años ochenta. Se conocieron durante uno de sus viajes de negocios. Estuvieron unos años viviendo a medio camino de Pekín y Singapur. Al final, cuando tuvieron a su único hijo, se mudaron a Singapur definitivamente. Jackie tardó en revelar por qué dejó a su familia en otra ciudad y se vino a Hong Kong. Tampoco quiso contarme qué paso con el negocio de las bombillas y cómo conseguía llegar a fin de mes. ¿Tendría todavía vínculos con China?. Nunca lo descubrí. Iba a menudo a Singapur a ver a su familia, sin contar los viajes anuales para ver a su otra hija en el Reino Unido durante Navidades. Era muy críptico al respecto.

"¿Por cuánto tiempo vas a quedarte en Hong Kong?" Le preguntaba yo a veces…

"Depende de la familia." Me contestaba siempre.

La última de sus confesiones me la hizo poco antes de que me trasladara a Londres. Ese día yo regresaba de clase de Yoga. Extrañamente me preguntó de dónde venía. Normalmente Jackie no se inmiscuía mucho en mi vida. Eso era más propio del Sr. Yu -el portero de la noche-. Me pilló desprevenida. Quizá porque yo estaba cansada ese día y quería llegar a casa pronto. Sinceramente, confiaba en que Jackie no me retrasaría con una de sus cautivadoras historias.

"Vengo de clase de yoga." Le contesté.

A lo que añadió:

"¡Oh, yoga! ¿Haces esas cosas tan difíciles como doblarte y tal?"

Yo sonreí y negué con la cabeza con decisión:

"No, no… Yo soy principiante en esto del yoga. Solo voy a relajarme."

Y añadí en Mandarín:

"¡Fang song, fang song (放松，放松)! (relájate, relájate)"

Esta habitual y dulce expresión china se convirtió en el gancho que Jackie estaba buscando para contarme, muy brevemente, otra de sus fantásticas historias:

Mientras estaba en Singapur, trabajaba en el mercado de la explotación de petróleo y a menudo iba a Filipinas por esa razón. Ahí conoció la famosa Cerveza San Miguel, que erróneamente muchos pensábamos que era originaria de España, pero que en realidad provenía de Filipinas.

Jackie no quería llegar más lejos con su historia. Cuando yo iba a preguntarle más detalles sobre su paso por el sector del petróleo me interrumpió…

"¿Has cenado ya?"

Eran ya casi las 9 de la noche. Nunca había sabido dejar atrás los tardíos horarios propios de las cenas mediterráneas. Ante mi respuesta negativa añadió:

"¿Puedes sobrevivir comiendo Noodles (fideos chinos) cada día?¿Puedes cocinar todo tipo de comida española?"

En el fondo, no estaba interesado en mi respuesta, como era habitual… justo cuando le estaba diciendo que solo comía Noodles de vez en cuando me hizo saber que a él no le gustaba nada comer Noodles cada día. Además sólo le gustaba comer con palillos chinos, para poder coger los trocitos de comida uno a uno.

"Aunque sepa usar el cuchillo y tenedor como hacéis vosotros los occidentales, yo lo primero que hago al sentarme en la mesa es cortarlo todo y después me lo como alegremente con mis queridos palillos."

Mi último día en Hong Kong decidí pasarlo a solas, sin Rob. Yo quería dormir en mi piso 10B de Nam Fung Mansion y cumplir con mis habituales rutinas por última vez. Quería tener Hong Kong para mí y a nadie más. No fue difícil convencer a Rob. Él estaba ocupado empaquetando trastos de última hora. Tampoco es que tuviera muchos, eso no era ninguna sorpresa, pero lo había dejado para el final convencido de que tenía pocas pertinencias y lo solventaría rápidamente. A la mañana siguiente la empresa de mudanzas pasaría por ambos apartamentos para acabar las cajas y juntarlo todo en un cargamento que enviarían por mar hasta el Reino Unido.

Ese día, había comido con Joanne una doble ración de tofu (豆腐) en nuestro querido restaurante Kung Wo Soy Bean factory (公和荳品廠). Un peculiar restaurante de Sham Shui Po que se dedicaba solamente a servir platos de tofu. También vendía tofu natural y productos derivados de la soja para llevar.

Las mesas estaban muy ajadas por el paso del tiempo. Eran rectangulares, pequeñas y estrechas, rodeadas por cuatro sillas. Mientras Joanne y yo estuvimos ahí sentadas, tuvimos tiempo de compartir la mesa con tres parejas diferentes que se iban sentando en las dos sillas enfrente nuestro. Siempre que íbamos al restaurante, nos olvidábamos del tiempo hablando largo rato… como los propietarios ya nos conocían, nos miraban y se reían… pero perdían la paciencia a veces cuando estaban muy ajetreados y necesitaban espacio para sentar a algunos clientes que se acumulaban haciendo cola en la calle.

Ese día, por supuesto, nos quedamos mucho más tiempo, pues no sabíamos cuándo volveríamos a tener la oportunidad de hacer algo así.

"Si quieres que esta relación funcione, vas a tener que aceptar que quizá no vuelves a Hong Kong nunca más."

A mí me saltaron las lágrimas. Joanne conocía la intensidad de sus palabras. Pero hizo algo muy propio de ella. Sentía mi decepción, pero no la alimentaba. En lugar de abrazarme, prosiguió:

"Nunca entendí porque tu ex se fue de esa manera. A veces pienso que ese chico era ciego. ¿Cómo no pudo ver lo que tenía delante? Rob parece un chico listo. Si quieres formar una familia, y tener otro tipo de vida, vas a tener que quedarte a su lado. No puedes seguir haciendo cambios."

Joanne intentaba ser la voz de mi conciencia. Esa voz que ella sabía que yo estaba luchando para prestarle atención y tener la valentía de continuar con mi decisión de dejar Hong Kong.

"A mí no me gustan los británicos. Nunca son claros. Siempre parece que quieren decir algo, cuando en realidad quieren decir algo diferente."

Añadió cambiando de tema. Su veredicto se basaba en los años que había pasado negociando con británicos cuando trabajaba para una empresa de importación y exportación

"Pero Joanne a mí me gustáis vosotros los chinos. Yo sé como estar con vosotros, como hablar con vosotros, como vivir con vosotros."

Joanne lo cortó por la sano.

"¡Vamos! ¡Haremos una última ronda de compra de telas juntas, antes de que te vayas!"

Me agarró por el brazo y me arrastró a las tiendecitas de vendedores ambulantes de Ki Lung Street (基隆街). Yo compré una tela de seda azul con un estampado que me recordaba un poco al tradicional Batik indonesio[73]. A Joanne no le gustaba nada esa tela.

"Parece un poco como antigua, de señora mayor… pero bueno si haces un diseño un poco sofisticado a lo mejor funciona."

Joanne me dejó negociar a mí … Pero no sé si fue la flaqueza provocada por mis últimas horas en Hong Kong que al final dejé que el vendedor me cobrara lo que le diera la gana.

Joanne me miró por encima de sus gafas y me dijo:

"Esta vez tiene pase porque te vuelves a Europa y esto ahí no lo vas a encontrar… pero te han tomado el pelo de buena manera."

Yo sonreí y le di un abrazo.

"Te voy a echar mucho de menos, hermana."

Joanne me cogió de la mano y la apretó bien fuerte.

"Me alegro mucho de que el mundo nos haya dado la oportunidad de juntarnos. Cuídate mucho y escríbeme cada día. Ahora tengo que volver a mi negocio. Te quiero."

Antes de soltarme, giró mi mano derecha para que mi palma mirara hacia el cielo. Con su dedo índice escribió en mandarín: "ten fe" con caracteres chinos (You xinxin 有信心), mientras repetía la palabra en voz alta.

"Joanne, no hagas esto… ya sabes que yo no soy china. Yo no veo ningún carácter ahí en mi mano, ¡me pierdo con los trazos!. ¡No puedo reconocerlo!"

Le dije sonriendo, apreciando su gesto de explicarme el significado de esos tres caracteres de esa manera tan china[74].

Joanne me ignoró.

"Está ahí escrito en tu mano, ¡lo que pasa es que tu no puedes verlo!"

Empezó a andar. Justo antes de cruzar la calle pegó un grito para recordarme algo importante:

"No te olvides de lavar la tela antes de usarla. Ya sabes que esas tiendas no están muy limpias."

Ambas soltamos una carcajada. Le lancé un beso desde lejos. Me di la vuelta, mordiéndome los labios y aguantando las lágrimas mientras andaba hacia la colina Garden Hill (嘉頓山), situada detrás de la Mei Ho House, donde los abuelos de la Srta. Tang encontraron su primer hogar. Quería sentarme en mi rincón habitual, al pie de una de esas importantes higueras de Bengala. Pasé un par de horas subyugada. Observando las calles de Sham Shui Po, pensando en mis años en China y en mi futuro. No llegué a muchas conclusiones, sinceramente. Demasiado abrumador. Buscaba la manera de irme de Hong Kong en paz, porque eso era lo único que me faltaba. La relación informal con

Rob se había convertido en un amor inesperado. También era la mano amable que me traía de vuelta a occidente.

Al volver a casa, Jackie estaba de turno. Yo le había comprado unos dulces chinos para despedirme.

"Mi nieto en Singapur acaba de llamarme. Me ha cantado una canción en coreano. Acaba de regresar tras pasar cuatro días en Corea con mi hijo y su mujer."

Primera noticia de que Jackie tenía un nieto. Pero esos repentinos descubrimientos ya no me sorprendían.

Rápidamente puso la mano en su bolsillo. Sacó el teléfono móvil y me enseñó una foto de su nieto en el día de la graduación de la guardería, vistiendo un uniforme rojo de lo más tierno.

"Pronto estaré con él. A finales de este mes dejo el trabajo y vuelo a Singapur con mi familia. Estoy seguro que a mi nieto le gustaran los dulces que me has comprado para despedirte de mí."

Necesité un poco de tiempo para procesarlo pero me alegraba por él. Parecía que para ambos había llegado el momento de dejar Hong Kong atrás. Jackie no me dio oportunidad a que hiciera más preguntas sobre su decisión. ¿Cuánto tiempo llevaría planeándolo?

Inmediatamente dijo:

"Buenas noches, cuídate y que tengas un buen viaje mañana."

Esa era su manera de despedirse. La acepté como él quería y aguanté mi impulso de darle un abrazo.

"¡Aye, Aye Sir!"

Le contesté mientras esperaba el ascensor.

Esa última noche en mi cama del piso 10B de Nam Fung Mansion podía sentir Hong Kong recorriendo mis venas. Me di cuenta que iba a quedarse en mi corazón para siempre. Sin entender en aquel momento esa extraña y singular mezcla que llevaba conmigo para siempre, formada por mis raíces mediterráneas y todo aquello que había absorbido de los chinos; silenciosamente, desde la colina Garden Hill le había pedido a Hong Kong que nunca me abandonara y que de ninguna manera dejara que Occidente y sus costumbres me cambiaran.

命

Las relaciones con las ciudades son como con las parejas. Cuando se trata de destinos complejos, todo el mundo tiene consejos para darte. Como si hubiera un manual sobre cómo (sobre)vivir en ese sitio en concreto. O mejor dicho una guía sobre cómo salir adelante ante la incertidumbre de lo extraño.

Pasaba a menudo en Pekín. Los recién llegados siempre eran puestos en antecedentes. Yo misma había cometido el error de agobiarles con el discurso oficial. La abrumadora contaminación, el frío invierno, la falta de higiene, la muchedumbre, el desorden en las calles, la comida de dudosa procedencia, el confuso saber-hacer chino…

Decepcionante estrategia que no servía para nada más que para disipar la incertidumbre y asegurarse de que todos vivían como tú. Daba demasiado miedo pensar que a alguien se le podría pasar por la cabeza vivir de otra manera y experimentar un entorno desconocido sin conjeturas ni razonamientos compartidos.

En Londres me arrepentía de haber compartido todos esos comentarios inapropiados. Si les prestabas atención, te absorbía la burbuja y acababas viviendo en esa ciudad de la misma manera que todos los demás extranjeros, protegiéndote de todas esas situaciones complejas que ya te habían alertado de que iban a formar parte de tu vida. Una pena porque perdías la oportunidad de vivir la ciudad a tu manera.

En la capital británica la lista de recomendaciones iba encabezada por el hecho de que es una ciudad muy fría, donde es difícil hacer amigos. Extremadamente cara, por supuesto, pisos pequeños, llena de gente alienada e individualista, donde seguramente necesitaría por lo menos un par de años antes de encontrar buenas amistades y una comunidad con la que me identificara. Parecía que no hubiera otra manera de vivir en Londres. Las familias se mudan lejos del centro y hay que pasar al menos dos horas al día yendo arriba y abajo. Si eres más hipster vives en el Este de la ciudad. El Oeste es un poco más elitista, limpio, europeo y organizado. Nada más llegar a Londres, eso fue tema de discusión con Rob, quién creía ferozmente que esas recomendaciones eran cruciales para poder vivir en su ciudad natal.

Sin querer reconocerlo, en las tres semanas que llevábamos en Londres, yo estaba buscando desesperadamente el equivalente a mi Sham Shui Po. Yo quería vivir en una zona muy multicultural, preferentemente rodeada de asiáticos, con mercados callejeros de fruta y verduras. Un poco desorganizada, a poder ser. Con ambiente de gente joven con proyectos creativos. No se lo contaba a Rob. Para él existía sólo un Londres posible, el Oeste. Al final, tiré la toalla y accedí a vivir en Parsons Green, no muy lejos de la casa de sus padres en Putney.

Como no había encontrado trabajo todavía, los únicos amigos que tenía eran los amigos de Rob. Me había acostumbrado ya a usar la denominación de Joanne y todos me parecían muy caucásicos. La sensación de vivir en un limbo sin sentido se apoderaba de mí progresivamente.

Una de las mayores virtudes y flaquezas del ser humano es nuestra capacidad de adaptación. Nos acostumbramos a la vida en pareja, al amor, al ritmo y a las exigencias de nuestro entorno; creamos nuestras rutinas, para poner orden al caos y la incertidumbre de la vida. Sobre todo, nos pasamos la vida haciendo sacrificios en búsqueda de la felicidad.

"La vida adulta son todo inversiones. Con veinte años todo es posible. Piensas en el futuro de una manera diferente. Si tienes la valentía y las ganas, no dejas que nada se te escape. Pero con treinta, muchas veces hay que tomar decisiones que te obligan a perder para poder ganar algo distinto en el futuro. Las decisiones se convierten en inversiones." Me decía una compañera de trabajo en Hong Kong, cuando comentábamos mi vuelta a Europa durante la pausa para comer.

Hong Kong es canalla, diversa, elegante, salvaje, ordenada y caótica a la vez, sorprendente, pero sobre todo espontánea, humilde y gentil. Cualidades que para mí eras más importantes en un hombre y que no definían a Rob para nada. Lejos de Hong Kong, había momentos en los que me aburría con Rob súbitamente. Me tumbaba en la cama y mientras él me abrazaba y se dormía poco a poco, yo pensaba en que sentía una indiferencia alarmante. Me decía a mí misma que había llegado el momento de madurar y que me tenía que dar cuenta de una vez por todas que la vida no funcionaba así. Que ya no era momento para el fluir de la vida. Rob era mi inversión.

Durante mis primeras Navidades en Londres, Jackie estaba de paso por cinco días para ver a su hija. Me invitó a comer en un restaurante chino que aseguraba ser bastante decente.

"En el Reino Unido parece que los chinos se han olvidado de cocinar la comida como lo hacían sus ancestros. Todo tiene demasiado aceite y no sabe a nada. Quieren satisfacer el gusto occidental. No hace falta perder el tiempo con esto, sinceramente…"

Me gustaba ver que no había perdido su sentido del humor y que seguía añadiendo una carcajada al final de sus habituales sentencias.

Le pregunté si echaba de menos Hong Kong y cómo le iban las cosas ahora que vivía junto a su familia en la misma ciudad. Antes de darme una respuesta, Jackie se puso extremadamente serio y bajó la cabeza ligeramente:

"Cometí un error."

No sé muy bien a qué se refería, pero le di un poco de tiempo para que pudiera darme una explicación. Al fin y al cabo, él nunca lo revelaba todo de una vez.

"Regresé a Hong Kong solo porque le fui infiel a mi mujer. Ella me echó de casa a mediados de los 90 y me prohibió ver a mi hijo."

Necesité un poco de tiempo para poder procesar lo que Jackie me había dicho. Nunca le había visto así de serio. Todo este tiempo había estado esperando el momento de poder trasladarse a Singapur y volver a vivir con su esposa. Nunca se divorciaron y con el tiempo ella aceptó que viera de vez en cuando a su hijo y posteriormente pudiera pasar tiempo con su único nieto.

"Mi hijo habló con su madre. Él quiere que yo esté con la familia y pueda hacer de abuelo."

Rompí todas las reglas militares que habían dirigido nuestra relación hasta el momento y me levanté para sentarme a su lado y darle un abrazo. Jackie llevaba su gorra de visera, la levantó ligeramente como avergonzado y me miró de reojo.

"No hace falta que te excuses, Jackie." Le aseguré.

Mientras me miraba fijamente a los ojos, me di cuenta de que por primera vez esperaba que fuese yo quien tomase las riendas de la conversación y compartiese con él algo de valor.

Necesité un poco de tiempo para organizar mis pensamientos. Primero intenté entender mi reacción. Tradicionalmente yo solía tolerar poco las infidelidades. Me parecía que era algo controlable y que antes de engañar a tu pareja, uno tiene que afrontar la situación con honestidad, ser valiente y poner fin a la relación. Nada era tan urgente como para ser infiel, pensaba yo. Pero había algo en la actitud de Jackie que no me permitía juzgarle, aunque no me hubiese dado ningún detalle de su infidelidad. Su mirada por debajo de la visera azul era de arrepentimiento. Pagó con el duro castigo del exilio durante años.

Esa impuesta lejanía de su hogar en Singapur me hacía pensar en los sentimientos que tenía cuando volvía a Barcelona, entraba en mi habitación y veía todas mis cosas intactas, tal y como yo las había dejado meses atrás. Solía ir acompañado de un deseo abrumador de querer reunirlo todo en un único sitio. De construir ese hogar en el que quedarme rodeada de esas pequeñas cosas, muebles, libros, recuerdos de la infancia, cuadros, ropa que me mantenían cerca de quién yo era. Esas cosas que me daban una sensación de seguridad y protección y que me devolvían a mis orígenes.

Acompañado también de mi miedo a olvidar las canciones de cuna, los cuentos e historias que me leían cuando era pequeña, las recetas de cocina de mi madre, la cultura popular… El miedo a que, si no tenía hijos, no habría ningún vehículo que mantuviese todas esos pedacitos de mi ser en los futuros años de mi vida y mi vejez. En su lugar, se desvanecerían. Siempre había confiado que mi madre se lo podría enseñar a mis hijos y así podría recuperar el vínculo con mi infancia y mis orígenes independientemente de dónde estuviera yo viviendo.

Jackie había estado privado de cualquier conexión parecida. Sin vínculo con la ciudad de Bristol donde creció con sus padres, ya fallecidos, y se casó por primera vez. Lejos de su primera hija. Totalmente apartado de la segunda familia que había construido en Singapur. Todo lo que le quedaba a Jackie, cuando yo le conocí, eran sus recuerdos. Cuando los había compartido conmigo, su vida había tomado presencia y cobrado sentido.

"Jackie, no quiero vivir en Londres con Rob."

Soltó el Jiao Zi que aguantaba entre los palillos chinos en el pequeño bol que contenía la deliciosa mezcla de salsa de soja y vinagre, en la que mojar ligeramente el Jiao Zi antes de saborearlo. La mezcla salpicó el mantel blanco de la mesa, y creó un improvisado lienzo de tinta china en tonos marrones. Jackie reposó los palillos en el plato. Con la misma mano, levantó la visera de la gorra otra vez, me miró y me preguntó:

"Nunca quisiste marchar de Hong Kong ¿verdad?" La pregunta de Jackie me hizo estremecer.

"He cometido un error."

Jackie parecía confundido por mi respuesta y rápidamente añadí:

"Le he sido infiel a Rob. He estado saliendo con otro chico…"

Después de unos momentos de silencio, Jackie repitió:

"Nunca quisiste irte de Hong Kong ¿verdad?"

Yo no entendí la obsesión de Jackie con esa pregunta. Él era la primera persona a quien había confesado mi infidelidad. Por qué no podía escucharme y prestar atención a la gravedad de lo que le estaba diciendo.

"Nada de todo esto tiene que ver con Londres, Rob o este chico con el que te has estado divirtiendo. Tiene que ver con quién tú eres y lo que tu quieres."

Fue difícil de asimilar. ¿Esa era la realidad?. Era una persona desleal que no podía comprometerse ni con Londres ni con Rob. Estaba claro que yo no quería nada de ello. Pero tampoco quería la infidelidad ni a ese otro chico.

Jackie tenía la respuesta desde el primer día, sin embargo él no podía juzgarme ni empujarme a tomar otra decisión cuando yo todavía vivía en Nam Fung Mansion. En ese momento podría tomar la decisión acertada.

A menudo he escuchado que la gente tiende a ser infiel o deshonesta con sus parejas, porque hay algo en esa relación que no funciona para esa persona en concreto y ello le empuja a ir a buscar algo diferente, probablemente culpando a la pareja y como si la ausencia de sensatez fuera ajena. En Hong Kong, Jackie confiaba que con sus historias yo llegaría a comprender que se me escapaba algo muy importante: él había vivido una vida, su vida. Con decisiones que se habían materializado en errores, no obstante podía vivir en paz porque sabía que para bien o para mal, en función de la ocasión, había vivido.

Para mí, sin embargo, ni con John ni con Rob había priorizado mis intereses. Estaba viviendo la vida de otros, demasiado orientada en su felicidad, porque mi mayor temor era ser egoísta o vivir indiferente a la otra persona.

"¿Cómo puedo ser mi prioridad, sin ser egoísta y sin herir a los demás?"

Jackie, recuperó su Jiao Zi del pequeño bol de soja y vinagre. Se lo puso en la boca delicadamente y guardó silencio mientras lo masticaba. Por la cara que ponía, el Jiao Zi había pasado claramente demasiado tiempo en esa salsa y ahora estaba un poco amargo.

"Hong Kong." Contestó con decisión.

Alargó el brazo hacia el centro de la mesa, atrapó otro Jiao Zi, lo sumergió brevemente en la salsa de soja y se lo puso en la boca. Depositó sus preciados palillos en el borde del plato, se ajustó la gorra de visera y apoyó la espalda en el respaldo de la silla mientras acababa de masticarlo.

"Come, a los Jiao Zi no hay que hacerles esperar. Fríos se resecan y pierden el interés. Por cierto, ¡parece que has perdido práctica con esto de los palillos en occidente! Ya te he dicho muchas veces que esto de comer con cuchillo y tenedor no es nada emocionante."

Por supuesto, el comentario iba acompañado de su habitual carcajada.

第八章

Gente Honorable y la Amabilidad de los Extraños

El señor de la barba blanca estaba muy ocupado ese día. Se acercaba el año nuevo chino, el 5 de Febrero de 2019. Era el año del cerdo de metal[75], según el horóscopo lunar. Cuando pasé por su tienda, no me miró de reojo como solía hacer. ¿Significaba eso que se había olvidado de mí después de mi breve y decepcionante estancia en Londres? Al fin y al cabo había pasado menos de un año fuera de Hong Kong. Me tranquilizaba pensando que simplemente tenía demasiado trabajo en preparar kits de papeles y amuletos para que los vecinos de Sham Shui Po los quemaran en los templos durante las fechas claves del año nuevo chino.

Pasé de largo y seguí andando unos cuantos metros más. Cuando casi llegaba al cruce de Boundary Street con Maple Street, donde se encontraba mi antiguo apartamento de la Nam Fung Mansion, me detuve de pronto para evitar chocar contra una madre que empujaba un cochecito con un bebé recién nacido. Se había detenido de repente porque su hijo mayor, de unos cinco años, se había parado delante de uno de los pequeños altares rojos con incienso que flanqueaba una de las tiendas del barrio. El niño juntó ambas palmas de la mano en su frente y balanceó la cabeza y los brazos arriba y abajo. La madre no prestó mucha atención y en su expresión pude ver que quería que el niño retomara el camino. El hijo no se dejó influir por su madre:

"¡Mira mamá qué sé hacer!" El niño estaba orgulloso de poder enseñarle a su madre que conocía el ritual y que sabía como prestarle sus respetos a los Dioses.

Inmediatamente cambié de dirección y regresé a la tienda del señor de la barba blanca. Crucé ese misterioso umbral donde él siempre se sentaba en su sillón de mimbre mientras aparentaba observarme desinteresadamente. Le di un pequeño toque en el hombro. Él se encontraba de espaldas, agachado, abriendo una caja que le acababan de entregar. No quería asustarle, pero el pobre hombre pegó un salto. Aparentemente era la primera occidental que entraba en su establecimiento.

"¿Cómo puedo ayudarte?" Me preguntó en chino cantonés, pero rápidamente cambió al mandarín cuando yo le dije que se me daba mejor. Le contesté que me arrepentía de mi estupidez y de que nunca le había saludado debidamente.

"Desde que te mudaste a este barrio, llevo esperando que algún día te decidas a hablar conmigo."

Eso fue una sentencia para la que yo no estaba preparada. ¡Se acordaba de mí!

"Tendrías que haber venido a mí antes." Añadió.

"¿Perdone? Yo solo quería saludarle y decirle que he echado de menos cruzarme con usted a diario durante el tiempo que he estado lejos de Hong Kong." Le dije.

El señor de la barba blanca no se refería a eso. Apartó a un lado lo que estaba haciendo en ese momento y bajó a medias la persiana de la tienda.

"Son casi las siete de la tarde, se acerca mi hora de cerrar de todos modos." Me dijo, mientras me invitaba a sentarme en ese sillón de mimbre en el que le había visto reposar tan a menudo.

Según me contó, él ya había percibido que algo me preocupaba desde hacía mucho tiempo y que yo no prestaba atención a esa inquietud de la manera apropiada. Alertarme no era su cometido. Yo tenía que resolverlo por mí sola.

"Eso que dejaste pendiente es lo que te ha traído de vuelta a Hong Kong. ¿ Me equivoco?"

Me resigné y asentí con la cabeza. A su vez, me sorprendía su sexto sentido y su capacidad para percibir la conciencia de las personas que le rodeaban. Imagino que por esta razón, era el 'Paper Master' más conocido del barrio y que su título, al final y al cabo, era merecido. No quise perder tiempo preguntándole sobre su don y también por miedo a ofenderle.

El señor de la barba blanca alargó el brazo y sacó el almanaque tradicional chino Tung Shing de detrás del mostrador.

"Voy a pedirte que dejes de un lado tu racional mente occidental y que prestes atención a lo que te voy a decir."

Acarició su larga barba blanca y dejó que el suspense se manifestara mientras pasaba las páginas del almanaque Tung Shing, sin ningún orden en particular. Al poco, se levantó y empezó a dar vueltas por la tienda, seleccionando diferentes amuletos y papeles que tenía ordenadamente apilados en sus estanterías.

Añadió:

"Seguro que conoces el templo Sam Tai Tze y Pak Tai (三太子及北帝廟)[76] en Yuchau Street. Encuéntrame ahí mañana, en cuanto abran a las ocho de la mañana. Se acerca el año nuevo y no puedes dejarlo pasar más. Así que no te duermas y sé puntual."

Para él la conversación se había terminado. Me invitó a levantarme y me dio el paquete de papeles y amuletos que había preparado para mí.

"No te olvides de traerlos contigo mañana o nos encontraríamos en vano."

Asentí y le di las gracias en cantonés.

Agaché la cabeza para salir de la tienda y evitar darme un golpe con la persiana semi bajada. Estaba abrumada y en situaciones así yo podía ser un poco despistada.

Decidí dejar para otro día mi visita a Nam Fung Mansion, el jet lag me estaba perjudicando y quería volver a mi hotel cuanto antes. Ese había sido mi primer día en Hong Kong.

Había roto con Rob en Londres, después de esa reveladora cena con Jiao Zi que compartí con Jackie. Tuve que tomarme un tiempo antes de hablar con Rob para explicarle que la infidelidad no era la razón por la que yo escapaba de la relación. No se lo tomó bien. Me acusó de deshonesta y no me perdonó que nunca hubiese compartido con él las dudas que yo tenía sobre mi futura vida en occidente. Tenía razón. Yo había cometido el mismo pecado que John y sabía cuánto dolía. Esa fue la primera vez que yo le rompía el corazón a alguien. Era un sentimiento horrible del que no sabía cómo desprenderme. Estaba convencida que me perseguiría toda mi vida. Después, pasé unos días en Barcelona con mis padres, mientras mi mudanza cruzaba parte del Océano Índico, de camino a Hong Kong. Compré billetes de avión y me aseguré de que podía estar de vuelta en la ciudad para el año nuevo chino.

Este era uno de mis momentos favoritos en China. En Pekín no seguía las tradiciones tan seriamente. Por alguna razón, desde mi primer año nuevo chino en Hong Kong, no dejaba pasar detalle. Quizá el buen tiempo me animaba. En Pekín, el año nuevo siempre sucedía en el momento más frío del invierno. Irónicamente esta era una celebración que festejaba el inicio de la primavera según el calendario lunar. Con bastantes grados bajo cero, el tiempo era muy desapacible. Además, como la mayoría de la gente que vive en Pekín procede de otros lugares de China, suelen volver a casa para pasar la fiesta con sus familias. Lo que quería decir que mis amigos tampoco estaban en la ciudad y no podía celebrarlo con ellos. En Hong Kong la experiencia era diferente. Por un lado, la temperatura suele ser de lo más agradable (entre dieciocho y veinte grados centígrados) y hay poca humedad. Perfecto para salir, visitar los templos y gozar de las tranquilas calles durante los tres días de vacaciones oficiales. En Sham Shui Po, todas las tiendas cierran sin excepción. En su interior, todos los productos, estantes, mesas, etc. están cubiertos por grandes telas de color rojo. Protegen el negocio de los fantasmas. En el exterior, cuelgan un cartel de color rojo en la persiana bajada en el que escriben a mano los días que van a estar de vacaciones. En el mismo cartel, aprovechan para desear el año bueno chino a cualquier peatón que le preste atención y haga un breve alto en el camino para leer los buenos deseos. Algunos comercios se toman dos semanas de vacaciones, si su negocio depende de las fábricas en China continental, donde el año nuevo chino puede alargarse hasta un mes. En algunos casos, al lado del cartel rojo, también cuelgan una cajita de cartón forrada a mano con papel de color rojo. Tiene un minúscula rejilla, también recortada a mano, para que la gente del barrio y otros clientes introduzcan sus Lai See (利市)[77], que son unos sobres rojos que contienen diferentes cantidades de dinero de la buena suerte.

Las semanas anteriores al año nuevo chino, suele haber largas colas en los bancos. La buena fortuna prefiere billetes recién impresos, que no han sido usados todavía. Aunque a veces hacen excepciones y aceptan billetes viejos si no hay más remedio. Como alternativa, y en situaciones desesperadas, los bancos ofrecen billetes bautizados como "fit notes", lo que quiere decir que solo entre el ochenta y noventa por ciento son nuevos. La eficiencia de Hong Kong hace que los bancos establezcan un máximo número de billetes nuevos que se pueden entregar cada día. Los clientes pueden solicitar un tíquet para asegurarse que van a tener su turno.

Joanne prefería echar mano de sus contactos.

"Los billetes de 20 y 50 HKD son los que van más buscados… así que yo siempre los consigo a través de una amiga mía que trabaja en un banco." Me explicaba con picardía.

Al parecer era una práctica común. Bancos, tiendas de ropa y todo tipo de establecimientos regalan paquetes de diez sobres como cortesía. Pero hay gente que prefiere comprar sus propios sobres en tiendas provisionales que aparecen por toda la ciudad y que solo contienen decenas de estanterías con sobres de todos colores y diseños. Algunos llevan el símbolo de la doble felicidad, otros el carácter de la buena fortuna. Suelen ir acompañados de dibujos de carpas doradas, lotos, crisantemos, dragones, aves Fénix, todos símbolos de la buena suerte. Otros son más modernos y tienen dibujos de Disney y otros programas de dibujos animados populares. Por norma general, las familias prefieren comprar sobres con el carácter del apellido de su familia. Este era el caso de Joanne.

Recuerdo la anécdota en los servicios de uno de los lujosos centros comerciales de la isla de Hong Kong: una señora abrió el bolso para darle un sobre a la señora de la limpieza que permanentemente mantiene los lavabos relucientes y tuvo la mala pata de que se le cayera el bolso de las manos al abrirlo. Por el suelo se esparcieron decenas de sobres de tamaños diferentes. La señora estaba un poco avergonzada por su torpeza. Quizá porque yo era extranjera, se vio en la obligación de explicarme que llevaba el bolso lleno de sobres, debidamente categorizados, para saber la cantidad de dinero que había en cada sobre y poder ir repartiéndolos durante los días previos al año nuevo chino.

"¡Doble sugiere buena suerte!" Fue el primer consejo que me dio Joanne durante mi primer año nuevo chino en Hong Kong, cuando le hice algunas preguntas sobre cómo seguir el procedimiento y asegurarme de que no estaba cometiendo ningún error fundamental.

"Pero chica, tú no estás casada. ¡Teóricamente las señoritas no entregan sobres!"

Esa norma yo quería romperla. Joanne accedió a recomendarme que no diera ni menos de 20 HKD ni más de 50 HKD, entre unos 2 y 5 euros respectivamente. Cantidades superiores se guardaban para la familia y allegados. Dos billetes de 20 HKD dentro de cada sobre era la mejor opción.

"Esto de los Lai See implica que tú tengas la conciencia tranquila porque estás contribuyendo a la buena suerte de los demás. Y que los demás sepan o se sientan tranquilos porque tú les has dado buena suerte." Me comentó Joanne para que me tranquilizara y le diera menos importancia.

Esta vez iba justa de tiempo. Tenía que darme prisa y hacer la habitual ronda de sobres rojos antes de que mis vecinos se tomaran las vacaciones de año nuevo chino. Y así aprovechar para darles la noticia de que había regresado a Hong Kong. Estaba permitido romper el protocolo que dispone que los sobres se entregan solo en el primer día del año nuevo chino, si se tiene la certeza de que no verás a la otra persona en esa señalada fecha.

Las calles de Sham Shui Po se convierten en una pequeña carrera de obstáculos… Aparecen puestecitos que venden flores para el año nuevo chino en todas las calles, sin dejar espacio para los peatones. Les acompañan otros negocios de Fai Chun (揮春) de carteles rojos con mensajes de buena suerte para el año nuevo chino dibujados con tinta china negra. Así como vendedores ambulantes de calendarios para el nuevo año.

La señora Lin de la lavandería Radiant Glow dio un grito espontáneo al verme entrar en la tienda. Yo iba sujetando el sobre rojo delicadamente con mis dos manos. Por la emoción, lo agarró de un tirón y me dio las gracias eternamente, como ella solía hacer.

"¡Xie Xie, Xie Xie, Xie Xie!"

La siguiente parada fue el butanero y la familia Wu.

"¿Quieres hacer algún pedido?"

Me dijo el hijo al escuchar que alguien entraba por la puerta. Se encontraba de espaldas y todavía no me había visto.

"No, solo quiero darte esto…"

La madre Wu, que nunca perdía detalle de lo que ocurría, levantó la mirada del rudimentario libro de cuentas, me lanzó una sonrisa, mientras el hijo se giraba y contestaba…

"¡Oh! ¡Un sobre rojo!"

El cliente al que estaba atendiendo el hijo Wu nos miraba como si no comprendiera nada de lo que estaba pasando.

El Sr. Chan - el castigador- se mostró indiferente, claro. Primero me ignoró, luego movió la barbilla y me saludó de forma seductora, que tanto le caracterizaba. No quería el sobre rojo para nada, o por lo menos eso parecía querer aparentar, le costó resistirse y lo cogió.

"¡Gracias, te he echado de menos!"

¡Así que Mr Chan -el castigador- no me ignoraba tanto como yo creía! Ese día, finalmente, ¡había ganado la partida! Seguí mi camino muy contenta, saboreando un pequeño sentimiento de victoria.

Me bajé en la parada de metro de Prince Edward. Quería seguir parte de mi habitual recorrido, para dirigirme hacia el templo y reunirme con el señor de la barba blanca en el templo Sam Tai Tze y Pak Tai. Al ser tan pronto, todas las tiendas iban a estar cerradas y no me encontraría con ninguno de mis vecinos. Quizá era lo mejor, pues la emoción no me permitiría pasar de largo y con toda seguridad llegaría tarde al templo. El señor de la barba blanca no me lo perdonaría.

Como siempre, Sham Shui Po rebosaba vida a todas horas. Los mercados de fruta, verdura, carne y pescado ya estaban en funcionamiento. Así como los restaurantes que servían desayunos. Justo enfrente del edificio Nam Fung Mansion, al otro lado de la calle Boundary Street, el restaurante Wai Keung Delicious (Desayuno a todas horas) trabajaba a todo ritmo.

Tiene solo cinco mesas y están todas colocadas en la calle. Dentro del restaurante solo hay espacio para la cocina. Uno de los comensales tenía un acompañante especial. Se trataba de un perro chihuahua de tamaño miniatura, muy delgado, con pelo blanco. Era tan pequeño, que su dueño lo había colocado encima de la mesa, mientras él sorbía su delicioso té con leche y engullía su porridge de arroz. Las dos chicas que se sentaban junto a él hablaban confidencialmente entre ellas de sus cosas mientras comían y acariciaban al chihuahua de ese extraño hombre con el que compartían la mesa.

Al ver esa imagen, sabía que había vuelto a casa. Apreté el paso ante la emoción. ¡Quería llegar al templo cuánto antes! El señor de la barba blanca estaba de pie, frente el altar. Cuando llegué se estaba apartando o echándose a un lado para dejar paso a uno de los feligreses del templo que estaba colgando del techo una gran espiral de incienso. Lo hacía con la ayuda de un largo bastón. El incienso lleva incorporado un plato de metal para recoger las cenizas que van cayendo y asegurarse de que no queman la cabeza de los visitantes.

"Vaya, ¡has llegado puntual!"

Exclamó el señor de la barba blanca, al verme llegar agitada. Tenía ese implacable estilo de tratar a la gente tan propio de los masters chinos. No era rudo. Simplemente poseía esa autoridad cultivada durante tanto años, fomentando y compartiendo una sabiduría que poca gente más podía abastecer.

El señor de la barba blanca había adquirido las habilidades de sus padres y abuelos, quienes también se habían dedicado al oficio de la buena fortuna. De hecho su madre y su abuela iban a la tienda para ayudarle en fechas señaladas, cuando el volumen de trabajo aumentaba considerablemente y se convertía en abrumador, incluso para el impasible señor de la barba blanca. Además de festividades como el año nuevo, los chinos tradicionalmente hacen ofrendas en el día uno y quince de cada mes lunar[78].

"¿Has traído las ofrendas que preparé para ti?"

Abrí la mochila y saqué todo lo que él me había dado el día anterior.

El señor de la barba blanca cogió el paquete con cuidado, me agarró del brazo y me hizo un gesto para que le acompañara hacia uno de los patios interiores del templo, donde una pira de piedra está siempre en funcionamiento y preparada para recibir a los devotos en todo momento.

"Escucha, aquí en Hong Kong somos más modernos que en occidente para muchas cosas. ¡Adoptamos las nuevas tecnologías antes que nadie! Pero mucha gente no ha querido dejar atrás algo que en nuestra cultura hemos tenido siempre muy claro: la vida fluye, no se puede moldear, hay que vivirla. Y para ello hay que tener fe en el destino."

Tomó un par de esos bonitos papeles y añadió:

"El de color verde es el papel de la gente honorable (貴人紙)."

Señaló con el dedo unos dibujos mostrando unas ochenta o cien imágenes de tamaño diminuto, que representaban esas personas reales, que en momento concretos, podrían ayudarnos.

"El de color rojo es un amuleto. Hay que doblarlo por la mitad, para que cada lado lleve la mitad de la frase "Cuando salgas, encuéntrate con gente honorable" (出路遇貴人) en la parte superior."

Se refería a las letras impresas en contrastado color dorado.

Levanté la mirada. Algo debió cambiar en mi expresión porque el señor de la barba asintió con la cabeza, y me miró fijamente, esperando que yo compartiera con él lo que estaba pensando:

"La bondad de la gente común nos ayuda a no tenerle miedo a la incertidumbre del destino… La gente honorable nos arropa mientras navegamos por la vida y tomamos decisiones." Le dije con un pequeño sentimiento de inseguridad.

El señor de la barba blanca escuchaba atentamente. El silencio se apoderó de nosotros durante un tiempo, mientras yo tomé los papeles y me senté en uno de los escalones de piedra que había en el patio. El señor de la barba blanca se sentó a mi lado.

"Después de doblar el amuleto rojo, tienes que coger otro de estos papeles más pequeños e introducirlo en su interior, para darle más fuerza a tu petición."

Me demostró cuidadosamente cómo hacerlo y prosiguió:

"La gente honorable no es nadie en particular. Simplemente son personas extrañas que en algún momento, cuando las cosas se compliquen, estarán ahí para ayudarte. Nosotros quemamos a menudo esos papeles para asegurarnos de que los dioses nos escuchan y que nos mandan el máximo de gente honorable como sea posible durante nuestras vidas. ¡Es una búsqueda sin fin! Ellos nunca sobran y son difíciles de encontrar…"

Yo iba doblando el resto de amuletos mientras escuchaba al señor de la barba blanca e intentaba entender por qué creía que esto era lo que yo más necesitaba.

"No llegas tarde a nada."

El señor de la barba blanca se levantó y cogió todos los papeles y almanaques que habíamos preparado, mientras me preguntaba:

"Tu chino es muy avanzado, estoy seguro de que conoces el carácter 命 (ming)… Significa vida y destino. En nuestra lengua, cuando se acompaña del carácter 好 (bueno), significa buena suerte 命好 (minghao): Nacida bajo la estrella afortunada. Mi querida vecina: tienes tiempo. Solo tienes que dejar que el destino haga su camino."

Todos tenemos los mismos miedos. Hacemos frente a dificultades y confiamos en tener buena suerte, o lo que es lo mismo: acertar en nuestras decisiones. El señor de la barba blanca estaba intentando hacerme entender que la vida no se trataba de eso. La sabiduría china no era simplemente una cuestión de buena suerte sino de bondad. Si perdemos el miedo al destino y tenemos fe, tendremos fuerza para vivir la vida con templanza.

"¡Sham Shui Po!" Exclamé en voz alta, al tiempo que me levantaba súbitamente.

"Lo he tenido delante de mi todo este tiempo." Le dije al señor de la barba blanca, le abracé y él sonrió.

En realidad no sabía si estaba permitido abrazar a gente de su nivel. En ese momento me daba igual.

La comunidad de Sham Shui Po había sido mi gente honorable. El destino no el azar, me había traído a ese barrio desde Pekín. Nuestra amistad y cariño había sido también parte de mi destino. La fuerza que me había traído de vuelta a Hong Kong.

"Venga, échalos al fuego. ¡Quémalos!"

Me animó el señor de la barba blanca. Y juntos nos quedamos de pie observando cómo algunas cenizas se escapaban y volaban hacia el cielo.

Yo quería vivir en Sham Shui Po de nuevo y confiaba en que Nam Fung Mansion tendría algún apartamento libre. Tampoco tenía trabajo y había decidido que invertiría mis ahorros para asociarme con el negocio de Joanne y formar parte de la vida en Hong Kong de otra manera. Me quedé en ese hotel durante un mes, hasta que se vació uno de los apartamentos de Nam Fung Mansion. Por suerte, no era de ninguno de los vecinos con los que yo había tenido relación anteriormente. Me hubiese entristecido mucho pensar que alguien tenía que irse para que yo pudiera ocupar su lugar. Estaba un par de pisos más abajo, en el apartamento 8A. El alquiler era ligeramente más caro: el ocho es el número de la suerte y eso era algo que los herederos del patrimonio de Madame Chen Mei Sum tenían que rentabilizar, lógicamente.

Mi mudanza tardó más en llegar, pero aunque el piso estuviera casi vacío y solo contara con algún mueble básico como la cama, una mesa y un sofá decidí que lo primero que quería hacer era reunir a todos mis vecinos para un festín. Esa última cena, con la que yo había fantaseado durante tanto tiempo antes de irme de Hong Kong, nunca tuvo lugar. Me engañé al pensar que todos supondrían que no tenía sentido hacer algo así. Ahora estaba de vuelta en mi querido barrio y quería empezar mi nueva vida rodeada de las personas que habían cuidado de mí, desinteresadamente durante tanto tiempo.

Mr Yu - El portero de la noche -, el Sr. Yu -el mudo-, el Sr. Ng - el sustituto del Sr. Yu el mudo cuando éste libra-, Joanne, la Sra. Liang, Thomas, el matrimonio Lin, la Srta. Tang, Peter, La señora Kwok, la Sra. Lam e hijo, la familia Wu al completo y sus dos empleados, el Sr. Chan -el castigador- y el señor de la barba blanca. Solo echaba a faltar a Jackie, a quien el destino había llevado de vuelta a Singapur.

Juntos cubrimos la mesa con papeles de periódico, para protegerla. Pues mis manteles, claro, estaban también empaquetados en la mudanza. Comimos con palillos desechables de bambú y los vecinos se ofrecieron a traer diferentes y deliciosos platos de carne y verduras que acompañamos con pequeños boles de arroz al vapor. Devoramos esas delicias chinas con el mismo espíritu familiar y rutinario de las pausas para la comida que se tomaban ellos mismos y los demás comerciantes del barrio cada día, puntualmente de una a dos del mediodía.

Irónicamente, parecía que nunca me hubiese ido de Sham Shui Po, y que esa comida había estado planeada y aguardándome eternamente hasta que yo estuviera preparada para darle una oportunidad.

El Abismal (agua) repite.
Si eres sincero, tienes éxito en tu corazón.
Y todo lo que hagas tendrá éxito.

Fragmento Libro I: La Prueba. I.Ching o Libro de los Cambios.
29. K'an / El Abismal (Agua).

FIN

完

子

Glosario Términos en Chino

Me he permitido la licencia de no ser muy estricta con el uso de los caracteres chinos tradicionales y simplificados. La razón es que mi vida en Hong Kong fue el resultado de la mezcla de mandarín y cantonés. Todo el cantonés que sé, lo aprendí al vuelo conversando con la gente de Hong Kong. Las palabras que desconocía, las sustituía por vocablos en mandarín. Mis interlocutores me ayudaban a aprender nuevos conceptos y a recordar los tonos. Eran siempre muy indulgentes con mi mezcla de las dos lenguas. Muchas veces simplemente las adivinaba de una lengua y de la otra. Así como los caracteres tradicionales, más complejos y normalmente con más lineas dibujadas, pero que compartían una raíz común con su versión simplificada y eso me ayudaba a imaginar su significado. También, por supuesto, hay palabras en inglés.

Este intercambio constante de lenguas, me recuerda muchas veces al bilingüismo de la ciudad de Barcelona, donde a menudo mezclamos palabras en catalán y castellano en nuestras conversaciones.

(C) Cantonés
(M) Mandarín

Nam Fung Mansion (C) 南楓樓
Sham Shui Po (C) 深水埗
Shek Kip Mei (C) 石硤尾
Lai Chi Kok Road (C) 荔枝角道
Boundary Street (C) 界限街
Tainan Street (C) 大南街
Maple Street (C) 楓樹街
Reclamation Street (C) 新填地街
Nam Cheong Street (C) 南昌街
Kansu Street (C) 甘蕭街
Nanking street (C) 南京街
Prince Edward (C) 太子
Cedar Street (C) 柏樹街
Yuchau Street (C) 汝州街
Kowloon City (C) 九龍城區
Mongkok (C) 旺角
Yau Ma Tei (C) 油麻
Ki Lung Street (C) 基隆街
Tsim Sha Tsui (C) 尖沙咀
Shanghai Street (C) 上海街
Mei Ho House (C) 美荷樓
Garden Hill (C) 嘉頓山
Pei Ho Street Market and Cooked Food Centre (C) 北河街街市及熟
食中心
The Precious Blood Convent (C) 寶血女修院
Un Chau Street (C) 元州邨
San Tai Tze and Pak Tai Temple (C) 三太子及北帝廟
Tung Wah Hospital (C) 東華醫院
La Gran Muralla China (M) 萬里長城
Shaanxi (M) 陝西
Shenzhen (M) 深圳
Guangdong (M) 广东省
Guangzhou (M) 广州
China - República Popular China (M) 中国
China continental (M) 大陆

Hong Kong (C) 香港
Pekín (M) 北京
Macau (C) 澳門
Pawn Shop (C) 當舖
Principio (C) 開始
Primer capítulo (C) 第一章
Segundo capítulo (C) 第二章
Tercer capítulo (C) 第三章
Cuarto capítulo (C) 第四章
Quinto capítulo (C) 第五章
Sexto Capítulo (C) 第六章
Séptimo Capítulo (C) 第七章
Octavo capítulo (C) 第八章
Fin (M) 完
Año (M) 年
Almanaque Tung Shing (C) 通勝
Mahjong (C) 麻雀
Jiao Zi (M) 饺子
Gran Salto Adelante Da Yue jin (M) 大跃进
Open up and reform Gaige Kaifang (M) 改革开放
Laogai (M) 劳改
Mao Ze Dong (M) 毛泽东
Deng Xiao Ping (M) 邓小平
Cheong Sam (C) 長衫
Qi Pao (M) 旗袍
Gweilo (C) 鬼佬
Xiaojie (M) 小姐
Tofu (M) 豆腐
Kung Wo Soy Bean factory (C) 公和荳品廠
Ming (M) 命
Minghao (M) 命好
Papel verde (C) XS貴人紙
Cuando salgas, encuéntrate con gente honorable (C) 出路遇貴人
WeChat Weixin (M) 微信
Mandarin - putonghua (M)普通话

Contones - Guangdonghua (M) 广东话
Zi - palabras (M) 子
Chuan (M) 传
Mai de di, zuo de di (C) 買的多做得多
Sun Sun Bu Yip (C) 新新布業
Wellcome (C) 惠康
SF Express (C) 顺丰速运
Taobabo (M) 淘宝网
Tao fa tzu jan (M) 道 法 自然
Fluir (M) 流
Clan Tang (C) 鄧
Fai Chun (C) 揮春
You Xin Xin (M) 有信心
Fang Song (M) 放松
Xie xie (M) 谢谢

年

Cronología

Año
  1839-1842 Primera Guerra del Opio
  1841 Ocupación de Hong Kong por los británicos
  1856-1860 Segunda Guerra del Opio
  1870 Fundación Tung Wah Hospital
  1898 Ocupación de Nuevos Territorios por los británicos
  1939 - 1945 Segunda Guerra Mundial
  1941-1945 Ocupación Japonesa
  1949 Fundación República Popular China
  1949-1976 Era de Mao
  1950-1960 Industrialización de Hong Kong
  1955 Cierre del puerto de Sham Shui Po
  1958-1962 Gran salto adelante
  1970 Comienzo economía servicios en Hong Kong
  1976 Muerte Mao Ze Dong
  1978-1992 Deng Xiao Ping Toma el poder de China
  1980 Traslado de fábricas a China Continental
  1980 Shenzhen Zona Económica Especial
  1989 Protestas Tiananmen en China continental
  1997 Retrocesión a China
  2002-2012 Hu Jin Tao presidente de China
  2008 Juegos Olímpicos de Pekín
  2013- presente Xi Jin Ping Presidente de China
  2014 Movimiento pro democrático Occupy Central
  2019- presente Nueva oleada de protestas pro democracia en Hong Kong
  2020 Ley de Seguridad Nacional China para Hong Kong

谢谢

Agradecimientos

Durante los casi cinco años que tardé en dar forma a esta historia, muchas personas diferentes han contribuido en mayor o menor medida a hacer realidad este sueño. Algunas no sabían que tenía este proyecto entre manos, porque en ese momento era todavía demasiado pronto y nunca llegué a mencionarlo por temor a exponerlo demasiado y a desvanecer la magia que esta historia tenía para mí. La creatividad puede ser supersticiosa…

Otras personas formaron parte de mi vida en Pekín más activamente que durante mi tiempo en Hong Kong, pero su influencia en mi destino ha impactado también directa o indirectamente en la realización de esta obra. Quiero intentar dejar constancia de todos sus nombres a continuación. La lista no sigue ningún orden de importancia concreto:

A mis padres Carme N. y Josep María M. Gracias por ser como sois, por haberme enseñado el valor de ser uno mismo, y por vivir lejos de mi durante tantos años. En especial a mi madre, por tener la paciencia de leer y releer los primeros borradores de esta novela. Y por estar siempre dispuesta a coger un avión y cruzar medio mundo para pasar tiempo conmigo y descubrir lugares mágicos como Sham Shui Po.

A Carme M. y Daniel N,, por ser unos tíos maravillosos y tratarme como a una hija.

A Yolanda M, por animarme a no tener miedo y recordarme que hay que perseverar siempre. Y por releer y releer.

Nito, por tu positivismo, cariño y ganas de vivir.

Paul N., primo mayor. Por respaldarme con tu habitual sentido del humor. Y por esos veranos de travesuras y borracheras de horchata. Te quiero.

Inès B., no importa cuantos años cumplamos, vamos a envejecer juntas. (Reckless and loud forever).

A todos mis primos. Por haber crecido unidos a pesar de la distancia.

A todos mis tíos, por apoyar mi deseo de escribir mi primera historia de ficción.

Princess of Tuen Mun, Crystal T., Hong Kong sin ti no habría sido lo mismo. Pase lo que pase, estemos donde estemos, sabemos que nuestra hermandad nos unirá para siempre.

Sir Ahmed Superman, gracias por salvarme de esos nocturnos "saltos".

Xue T., siempre fuiste honesta y de buenos consejos. Gracias por tu sabiduría que una vez no supe escuchar a tiempo.

Elaine K-C., por tu lealtad, y por descubrirme la belleza más pura de la cultura china durante mis años en Pekín. Espero que podamos volver a bailar juntas pronto.

Robbie R., por escuchar sin juzgar y por recordarme que mi futuro está en mis manos.

Marc M., ¡la lista de aventuras es interminable! Así que vamos a dejarlo ahí.

Anna-Marie S. por tu serenidad que tanto me ha hecho falta en ocasiones. Y por contagiarme tu amor por la Salsa.

Miriam B., Nacho C. y 'les nenes' Vera y Lola. Esta historia ya se estaba gestando durante vuestro paso por Hong Kong.

Retha W., simplemente, sin ti no lo abría conseguido.

Ahmed S. por esa claridad absoluta sobre la vida y esos valiosos consejos sobre el amor.

Pia C., Londres ha sido el escenario donde hemos redescubierto nuestra amistad y saltado obstáculos juntas.

Suzanne Y. por tu cariño por Hong Kong.

Indrit S., quién mostró su apoyo incondicional a esta historia cuando yo todavía era una clienta desconocida que tecleaba intensamente en su café Coffee Matters, cerca de mi residencia en Londres. Y a

Alex P., otro de sus habituales clientes con quien solíamos juntarnos para filosofar sobre la vida e intentar encontrar sentido a esas bonitas cuestiones eternas.

Xavier M., los años no pasan, ni pasaran nunca. Siempre has sabido lo que era mejor para mí.

Pretty Ballerina YuXi H., tu valentía me ha inspirado desde el primer día que te conocí en Londres.

Isa-Welly L. por tu determinación y por creer en mi desde el primer momento.

Cecilia M., hermana mayor, fuiste una de las mejores sorpresas de mi llegada a Londres.

Mari Carmen A. y Albert I. gracias por ese consejo que me llamó a mantener los ojos bien abiertos.

Anja Falk R., me mudé lejos al Este pero recuerdo ese cariñoso abrazo que tanto necesitaba cuando nos conocimos por primera vez y añoro nuestros paseos con Charlie.

Rosa F. por creer que yo era capaz de todo lo que me propusiera. Y recordármelo a diario, querida vecina londinense.

Mafer La T., tú sabes lo que es vivir con el corazón dividido.

Sergi L. por creer siempre tan positivamente en mis capacidades.

Hyelim L., la belleza de esa amistad inesperada en un avión.

Jasmine L., por ser una gran compañera de danza y por preocuparte de los demás.

Jen K. gracias por esa inolvidable bonita noche a la orilla del río Han en Seúl.

Candela F., literalmente la primera persona que conocí en Hong Kong. Cuántas aventuras!

Beautiful Dina S., por tu dulzura. Ojalá nuestros momentos juntas pudieran ser más largos y más frecuentes.

King Tai Ch. y familia. Vuestra amabilidad ha sido uno de los mejores recuerdos que guardo de mi paso por Pekín.

Iván J., por animarme a lanzarme sin pensarlo ni un minuto más con la publicación de esta historia.

Cristina y Juan Pablo por vuestra generosidad y cariño. Lo recordaré siempre.

Aritz P. y Max D.. Tenemos más recuerdos, pero me quedo con ese reconfortante café bajo la lluvia del verano londinense en un momento de corazón roto.

Neelima M. por abrirme la puerta a una nueva dimensión del periodismo.

Yana, sigue bailando siempre. Espero que el Ballet nos reúna de nuevo pronto.

Cigdem T., por compartir la danza conmigo.

Cheng – Fang W., por retarme siempre.

Coralie B. que nadie nos robe la felicidad.

Sara A. por ser valiente y querer siempre compartir tu contagiosa fe y bondad.

Kirsty Ch. fuiste la salvación ante mi soledad durante esos primeros duros meses en Londres.

Paul Pui Wo L., por tu inspiración y visión sobre la vida y el movimiento y por compartirlo conmigo tan apasionadamente.

Irene L., por nunca perder la sonrisa y por compartir tu sabiduría conmigo

Tiffany H., por enseñarme una nueva dimensión sobre el cambio.

Giselle L., por ser parte del universo.

Thomas T., por recordarme que no estamos solos en esto.

Michelle Ch. y Lonneke M. por posar en el Hong Kong más local.

Miss Eve Y., por empujarme a mejorar.

Olatz Simón, porque somos poderosas!

Noel L., nuestras honestas conversaciones no tienen precio.

A mis profesores de la Universidad Ramon Llull, en Barcelona. El conocimiento que compartieron conmigo durante mi paso por sus aulas, son parte de la base que constituye mi mirada al mundo. En particular a Carlos R., por recordarme el amor que siento por esta historia.

A mi tutor de tesis, Ferran R., de la Universidad Pompeu Fabra en Barcelona por apoyar mi voluntad de investigar y escribir sobre las democracias asiáticas.

A todos los salseros londinenses con quienes he pasado tantas horas de bonitos bailes y pies cansados, haciendo espacio en mi mente para poder escribir más.

A los camareros de mi querido bar londinense Discount Suit Company, en especial Matt A., donde encontré espacio para reflexionar sobre algunas partes de la novela.

A mis vecinos de la comunidad de Sham Shui Po. A todos y cada uno de ellos sin excepción. Y a Hong Kong, siempre en mi corazón.

传

Sobre la Autora

Iris Mir (Barcelona, 1983) es licenciada en Ciencias de la Comunicación por la Universidad Ramon Llull y posee un Master en Ciencias Políticas, especializándose en nuevos modelos de democracia por la Universidad Pompeu Fabra y un Executive curso en Gestión, Liderazgo y Desarrollo por la Escuela de Negocios de la Universidad de Westminster. Perseguir y compartir historias ha sido una constante en su carrera profesional. Una pasión que ha tomado diferentes formas a lo largo de los más de diez años que ha vivido en Hong Kong y Pekín. En primer lugar, como corresponsal internacional para medios de comunicación españoles e internacionales y posteriormente como experta en comunicación y gestión de proyectos transculturales en Asia y Europa. El acceso a las diferentes culturas y estilos de vida asiáticos nutrió su pasión por explorar la creatividad, la identidad personal y la expresión individual más allá de los confines de la comunicación. Acercándola, así, a los mundos de la danza y el movimiento. Actualmente, vive en Londres y centra su actividad profesional en la diversidad cultural, la identidad, la expresión individual y bienestar creativo (creative wellbeing, en inglés) mediante la escritura, clases magistrales en universidades, charlas, talleres y programas MenteCuerpo. Iris sueña en un futuro de innovación sostenible donde todas las comunidades tienen espacio para usar su voz y co-crear futuros alternativos.

Para más información sobre la autora visita: www.irismir.net

Notas

[1] En China, el número '6 六' (liu) es considerado el número de la buena suerte porque su pronunciación es muy similar a la palabra 'fluir 流' (liu). Y es que el fluir es un concepto crucial en la cultura tradicional China. Ésta tiene sus fundamentos en los principios del Daoismo. La existencia del ser humano se entiende como un proceso circular que se retroalimenta a partir de las decisiones que tomamos en la vida. Bajo este fundamento, el progreso lineal no es posible porque no hay lugar para metas. El fluir llama a la capacidad de ser espontáneo y confiar en la intuición bajo un proceso de aprendizaje de la vida y de conexión con la esencia de nuestro único ser. Si lo cultivamos regularmente seremos capaces de vivir en equilibrio, afrontando a diario, sin expectativas concretas, la impredecible carrera de obstáculos de la vida.

[2] UPS es una empresa americana líder en envío de paquetes internacionales.

[3] E-bay es una plataforma de compra por internet con sede en Estados Unidos.

[4] El Wok es una sartén honda y profunda, que se usa en la cocina china principalmente para freír.

[5] La traducción al español sería Maestro de los Papeles. Por el propósito de esta historia voy a mantener el nombre en inglés.

[6] Nam Fung Mansion. Éste es el nombre del edificio cuya traducción al español es: Mansión al Sur de la Calle de los Arces. Nam Fung Mansion está situada en la parte sur de la Calle de los Arces (Maple Street 楓樹街).

[7] Significa Viento y Agua, es un principio que busca armonizar el entorno, a partir del flujo energético y los principios del Yin y el Yang.

[8] https://www.scmp.com/news/hong-kong/community/article/2120366/poverty-hong-kong-hits-7-year-high-one-five-people

[9] https://www.hongkongfp.com/2016/03/20/hkfp-lens-number-of-cage-home-residents-rises-to-nearly-200000/

[10] Galería Fotográfica: https://www.theguardian.com/cities/gallery/2017/jun/07/boxed-life-inside-hong-kong-coffin-cubicles-cage-homes-in-pictures

[11] Los edificios construidos a partir de la mitad de los años 50 solían tener un máximo de 9 pisos, así evitaban tener que equiparlos con ascensor. Según las nuevas normativas de la época, eran solo los edificios de 10 o más plantas que lo requerían. Nam Fung Mansion tiene 10 pisos.

[12] El mandarín (Putonghua 普通话) es la lengua oficial en China continental. En Hong Kong la lengua oficial es el cantonés (Guangdonghua 广东话), junto con el inglés.

[13] https://www.businessinsider.com/south-korea-plastic-surgery-gangnam-biggest-misconception-2018-6?r=US&IR=T

[14] https://www.bloomberg.com/news/articles/2019-10-15/how-hong-kong-s-taxes-spawned-billionaires-and-bred-inequality

[15] El Taichi es una antigua forma de ejercicio que toma sus raíces en las artes marciales.

[16] Esas ingeniosas viñetas de Francisco Ibañez que tanto me entretenían de pequeña.

[17] Juego de mesa chino

[18] Zipi y Zape son los icónicos protagonistas de la tira cómica creada por José Escobar Saliente en 1947.

[19] https://www.scmp.com/news/hong-kong/article/1668833/elderly-work-through-lack-adequate-pension-wealthy-hong-kong

[20] En 2018, el índice Gini (un indice que mide la distribución de la riqueza en cada país en una escala del cero al uno) otorgaba a Hong Kong un 0.539 (Cero siendo el indicador de igualdad). Esta cifra indicaba que el territorio sufría la mayor desigualdad económica en 45 años. https://www.scmp.com/news/hong-kong/society/article/2165872/why-wealth-gap-hong-kongs-disparity-between-rich-and-poor

[21] Término en inglés para denominar a la gente que vive fuera de su país de origen. Proviene de la palabra 'Expatriate', expatriado en español. Generalmente los expats o expatriados son trabajadores que han sido enviados al extranjero a trabajar durante largos periodos de tiempo.

[22] En Hong Kong viven alrededor de unas 380 000 mujeres que trabajan como empleadas del hogar. La mayoría provienen de Filipinas, Indonesia o Malasia. Son tratadas injustamente como inmigrantes de segunda con leyes específicas que regulan su derecho de permanencia en el territorio: https://www.theguardian.com/cities/2017/mar/10/sunday-sit-in-inside-hong-kong-weekly-domestic-worker-resistance

[23] R2D2 el robot de ficción de la película Star Wars. Creada por George Lucas.

24 Los Jiao Zi son unas bolas de harina con condimentos en su interior. Suelen cocinarse al vapor o fritas. En inglés se denominan 'dumplings'. En español a veces se hace referencia a ellos como empanadillas chinas o raviolis chinos.

25 En inglés la pronunciación de una docena (a dozen) puede ser muy parecida a una centena (a thousand).

26 Weixin es conocido en occidente como WeChat. Inicialmente fuera de China se hacía referencia a esta aplicación de teléfono que permite enviar mensajes entre diferentes personas, como el WhatsApp chino. Con el tiempo ha evolucionado hacia una pionera herramienta que funciona como red social, mensajería y pagos móviles. El gigante de internet chino Tencent es el propietario de esta aplicación que vio la luz en 2011.

27 En los años 50 y 60 el gobierno de la República Popular China apostó por el uso de caracteres chinos simplificados para combatir el analfabetismo. Sin embargo, en Hong Kong, Macau y Taiwan han conservado el sistema de escritura basado en los caracteres tradicionales.

28 Pang Jai también conocido como el Yen Chow Street Hawkers Bazaar.

29 En China preceder el nombre de la gente mayor con las palabras tío o tía es una manera cariñosa y educada de mostrar respeto.

30 Palabra derivada del concepto 'costume play' en inglés. La gente que sigue este arte visten disfraces y accesorios que representan a personajes concretos por los que sienten especial atracción.

31 Shenzhen fue la primera zona económica especial de China continental. Como consecuencia se transformó de una ciudad pesquera con solo 5000 habitantes en el año 1955, a tener 175000 habitantes en 1985 y alcanzó 10.7 millones en 2015, siendo una de las ciudades con mayor crecimiento del mundo en los años 90.

https://www.theguardian.com/cities/2017/mar/21/timelapse-satellite-images-china-fastest-growing-cities

32 El traslado de fábricas a China Continental era también parte del proceso de transformación de la economía de Hong Kong. Dejando atrás la manufactura y apostando por el sector de servicios.

33 En chino, Da Yue Jin 大跃进 1958-1961

34 Estos campos de detención fueron establecidos originariamente por Mao Zedong en los años 50. Los presos retenidos en estos campos eran sometidos a trabajos forzados para ser adoctrinados políticamente bajo los dictámenes del partido

comunista. https://www.independent.co.uk/news/world/asia/i-was-sentenced-to-life-in-a-chinese-labour-camp-this-is-my-story-1790465.html

[35] Las protestas de Hong Kong empezaron en Junio de 2009 en contra de una nueva propuesta de ley que permitiría la extradición de disidentes a China continental. La propuesta causó indignación por miedo a que pusiera de entredicho la independencia judicial del territorio y pusiera en peligro los disidentes. https://thediplomat.com/2019/12/buy-yellow-eat-yellow-the-economic-arm-of-hong-kongs-pro-democracy-protests/
https://www.hongkongfp.com/2019/12/28/hong-kong-local-entrepreneurs-champion-pro-democracy-cause/

[36] La ley de Seguridad Nacional aprobada finalmente en junio de 2020 acecha la libertad de expresión en Hong Kong y persigue actos de disidencia y activismo en el territorio.
https://www.bbc.co.uk/news/world-asia-china-52765838

[37] Este es un personaje de ficción.

[38] En idioma chino el proceso de apertura y reforma chino se conoce como Gaige Kaifang 改革开放. Estas son las reformas chinas que puso en marcha el líder Deng Xiaoping y que impulsó el concepto Socialismo con características Chinas. Deng Xiaoping lideró la República Popular China después de la muerte de Mao Zedong en 1976 hasta que se retiró en 1989 https://www.scmp.com/presented/news/china/topics/china-conference/article/2180734/makeover-defined-modern-china

[39] Este hospital es ficción. La casa verde existe en realidad y es un centro religioso. Sin embargo, la historia de este ficticio Cheung Hong Hospital está inspirada en el Tung Wah Hospital (東華醫院) https://www.tungwah.org.hk/en/heritage/heritage-landing/

[40] Relación rebote que suele empezar poco después de una ruptura con otra persona.

[41] Tinder es una aplicación para teléfono móvil que funciona como una red social para buscar pareja.

[42] Whats App es una aplicación móvil que permite el intercambio de mensajes.

[43] Antoni Gaudí i Cornet (1852 -1926) fue un arquitecto de referencia del Modernismo Catalan.

[44] Macau fue colonia portuguesa en el periodo del 1557 al 1999. Después fue devuelta a soberanía china. El territorio está situado a menos de una hora en ferry de Hong Kong.

[45] Lista de verificación, en español.

[46] Los cheong sam son los vestidos tradicionales chinos para las mujeres. Cheong Sam es el nombre en cantonés, y el nombre con el que se denominan en Hong Kong. En mandarín se conocen como Qi pao (旗袍).

[47] En Hong Kong añaden la 'y' al final de algunas palabras en inglés. Les da un tono chino a la pronunciación de la palabra en inglés. Por ejemplo, en una ocasión intenté enviar un Fax desde una tienda del barrio de Sham Shui Po, y el empleado no entendía la palabra Fax en inglés. Hasta que se dio cuenta de que yo me refería a lo que él conocía como un Faxy!

[48] Los tradicionales sandwiches de Hong Kong se preparan con pan de molde y contienen una espumosa masa de huevos revueltos. A veces también pueden ir acompañados de ternera. Es el desayuno por excelencia hongkonés. Normalmente la gente bebe té con leche para acompañarlo.

[49] Una de las cadenas de supermercados más populares de Hong Kong.

[50] Tráiler de la película https://www.youtube.com/watch?v=Bjd7PFf_TFw

[51] En Hong Kong las máquinas registradoras son bilingües y dan la opción al cajero de imprimir los recibos en chino o inglés. Normalmente, ellos deciden en función de la nacionalidad del cliente, sin preguntar.

[52] Los mercados de verdura, carne y pescado suelen ofrecer una fuerte mezcla de olores y colores. En el mismo edificio venden animales vivos, con carne cortada sin refrigerar, pescado, fruta, verdura, frutos secos, especias, flores… Son conocidos como *Wet Markets* en inglés. Y la mayoría suelen tener un piso con restaurantes de comida casera en los que la gente come en mesas de plástico compartidas.

[53] El 11 de marzo de 2011 uno de los terremotos más fuertes de la historia sacudió la tierra, provocando un Tsunami que dejó más de 18000 muertos. La central nuclear de Fukushima Daiichi fue gravemente afectada por el seísmo. Muchos residentes huyeron y nunca volvieron por miedo a los efectos de la radiación.

[54] https://konmari.com/

[55] Nombre fictício

[56] Conocido también como río Sam Chun.

[57] Hoy en día la población de Hong Kong es de 7 millones.

[58] No fue hasta el 1898 que China cedió lo que hoy se conoce como Nuevos Territorios, en la península, y las más de 200 islas que conforman la región administrativa especial de Hong Kong que hoy conocemos.

[59] Solo masajes, sin sexo

[60] https://gwulo.com/node/2886/photos

[61] Incluía el actual centro comercial Dragon Centre, el mercado de telas Pang Jai y el parque de Sham Shui Po https://gwulo.com/node/2886

[62] Esta persona era llamada el segundo tío, en chino. eji suk gung (二叔公, "second uncle")

[63] Este es el nombre que recibe en inglés.

[64] Conocida anteriormente como Shek Kip Mei State es el ejemplo más antiguo y el único que todavía se mantiene en pie del tipo de edificios de protección oficial construidos en Hong Kong a mediados de los años 50. Constituía un total de 29 bloques de cemento construidos para albergar a centenares de familias afectadas por un gran incendio que las había dejado a la intemperie. El bloque Meiho es el único que queda en pie hoy en día con su característica estructura en forma de H que une las dos alas residenciales con zonas comunales para los vecinos. http://www.discoverhongkong.com/eng/see-do/culture-heritage/museums/history/mei-ho-house.jsp

[65] La doble felicidad simboliza la esperanza por el amor encontrado y la vida compartida al lado de otra persona.

[66] https://www.nytimes.com/2018/04/03/world/asia/hong-kong-housing-prices-laundromats.html

[67] http://worldpopulationreview.com/countries/hong-kong-population/

[68] Término usado coloquialmente para denominar a los habitantes de Londres.

[69] Aplicación de música en Internet.

[70] La Territorial Army es una armada de voluntarios que da apoyo al ejército británico.

[71] Gweilo es una expresión de la jerga de Hong Kong que hace referencia a los extranjeros occidentales, principalmente europeos. Es un término un tanto peyorativo porque proviene del desprecio que profesaban algunos hacia los arrogantes colonialistas europeos que ocupaban Hong Kong.

[72] Occupy Central fue un movimiento de desobediencia civil pacífico que tomó las calles de Hong Kong en 2014 durante 79 días. https://www.reuters.com/article/us-hongkong-politics-occupy-explainer/explainer-what-was-hong-kongs-occupy-movement-all-about-idUSKCN1S005M

⁷³ Una técnica de estampación manual de tejidos de algodón y seda tradicionales de Indonesia https://ich.unesco.org/en/RL/indonesian-batik-00170

⁷⁴Algunos caracteres chinos son muy confusos y a veces no están seguros de cuál es el carácter que define el concepto o el nombre que están tratando de usar. Es muy común que los chinos dibujen el trazo del carácter en la palma de la mano de su interlocutor, quien atentamente sigue el orden de los trazos para visualizar el carácter en su mente y captar el significado de la palabra.

⁷⁵ https://chinesenewyear.net/zodiac/

⁷⁶ Estos dos pequeños y cautivadores templos, se encuentran en el mismo complejo. Fueron construidos en el año 1898 por inmigrantes de la etnia Hakka para honrar al Dios Sam Tai Tsz, después de que una plaga asolara Sham Shui Po, en la misma época que los británicos consiguieron expandir su garra colonial a través de Nuevos territorios. Algunos de los objetos guardados en el templo provienen de la dinastía Qing (1644-1911). http://www.ctc.org.hk/en/directcontrol/temple14.asp

⁷⁷ En China continental se conocen como Hong Bao 红包

⁷⁸ Otras fechas señaladas incluyen los festivales Qing Ming (día de los muertos), el Chong Yong (honrar a los ancestros y evitar las plagas) y Yulan (los hambrientos fantasmas). También siguen similares rituales cuando un miembro de la familia fallece, para celebrar la mudanza a una nueva vivienda, el comienzo de un nuevo negocio o si se ponen enfermos.